SECONDE PARTIE DES MEMOIRES DE MONSIEUR LE MARQUIS DE FIEUX.

Par M. le Chevalier D. M.

A PARIS,

Chez GREGOIRE-ANTOINE DUPUIS, Grand' Salle du Palais, au Saint Esprit.

M. DCC XXXVI.

Avec Approbation & Privilege du Roy.

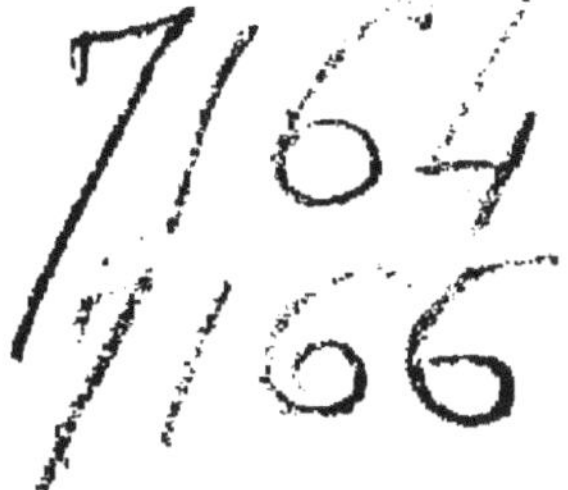

✿✿✿✿✿✿✿✿✿✿✿✿✿✿✿✿✿✿✿✿✿✿✿✿✿

PRIVILEGE DU ROI.

LOUIS, par la grace de Dieu, Roi de France & de Navarre. A nos amez & feaux Conseillers les gens tenans nos Cours de Parlement, Maîtres des Requêtes ordinaires de notre Hôtel, Grand Conseil, Prevôt de Paris, Baillifs, Sénechaux, leurs Lieutenans Civils & autres nos justiciers qu'il appartiendra, SALUT. Notre bien amé LAURENT-FRANÇOIS PRAULT, Libraire à Paris, Nous ayant fait remontrer qu'il souhaiteroit faire imprimer, & donner au Public, *les Memoires de Monsieur le Marquis de Fieux*; s'il nous plaisoit lui accorder nos Lettres de Privilege sur ce necessaires; offrant pour cet effet de les faire imprimer en bon papier & beaux caracteres, suivant la feuille imprimée & attachée pour modele sous le contre-scel des Présentes. A CES CAUSES, voulant traiter favorablement ledit Exposant, Nous lui avons permis & permettons par ces Presentes de faire imprimer lesdits Livres ci-dessus specifiés, en un ou plusieurs volumes, conjointement ou separément, & autant de fois que bon lui semblera sur papier & caracteres conformes à ladide feüille imprimée & attachée sous notredit contre-scel, & de les vendre, faire vendre, & débiter par tout nôtre Royaume, pendant le tems de six années consécutives, à compter du jour de la date desdites Presentes, Faisons défenses à toutes personnes de quelque qualité & condition qu'elles soient, d'en introduire d'impression étrangere dans aucun lieu de notre obéïssance; comme aussi à tous Libraires, Imprimeurs, & autres, d'imprimer, faire imprimer, vendre, faire vendre & débiter, ni contrefaire lesdits Livres ci-dessus exposés, en tout ni en partie, ni d'en faire aucuns Extraits, sous quelque prétexte que ce soit, d'augmentation, correction, changement de titre ou autrement, sans la permission expresse & par écrit dudit Exposant, ou de ceux qui auront droit de lui, à peine de confiscation des Exemplaires contrefaits, de trois mille livres d'amende contre chacun des contrevenans, dont un tiers à Nous, un tiers à l'Hôtel-Dieu de Paris, l'autre tiers audit Exposant, & de tous dépens, dommages & interêts; à la charge que ces Presentes seront enregistrées tout au long sur le Registre de la Communauté des Libraires & Imprimeurs de Paris, & ce dans trois mois de la date d'icelles; que l'impression de ces Livres sera faite dans notre Royaume & non ailleurs; & que l'Impétrant se conformera en tout aux Réglemens de la Librairie, & notamment à celui du dixiéme Avril 1725. Et qu'avant de les exposer en vente, les Manuscrits ou Imprimés qui auront servi de copie à l'impression desdits Livres seront remis dans le même état où les Approbations y auront été données, ès mains de notre très-cher & féal Chevalier Garde des Sceaux de France le Sieur CHAUVELIN ; & qu'il en sera ensuite remis deux Exemplaires de chacun dans nôtre Bibliotheque publique, un dans celle de nôtre Château du Louvre, & un dans celle de nôtredit très-cher & féal Chevalier Garde des Sceaux de France le Sieur Chauvelin ; le tout à peine de nullité des Présentes. Du contenu desquelles vous mandons & enjoignons de faire joüir l'Exposant ou ses ayans-cause, pleinement & paisiblement, sans souffrir qu'il leur soit fait aucun trouble ou empêchement. Voulons que la Copie desdites Présentes, qui sera imprimée tout au long au commencement ou à la fin desdits Livres, soit tenuë pour dûement signifiée, & qu'aux copies collationnées par l'un de nos amés & féaux Conseillers & Secretaires, foi soit ajoûtée comme à l'original ; Commandons au premier nôtre Huissier ou Sergent de faire pour l'exécution d'icelles tous actes requis & nécessaires, sans demander autre permission, & nonobstant Clameur de Haro, Chartre Normande, & Lettres à ce contraires. CAR tel est nôtre plaisir. DONNE' à Versailles le dixiéme jour du mois de juin, l'an de grace mil sept cent trente-cinq, & de nôtre Regne le vingtiéme. Par le Roi en son Conseil. *Signé*, SAINSON.

Regîstré sur le Regîstre IX. de la Chambre Royale & Syndicale des Libraires & Imprimeurs de Paris, N. 121. fol. 103. conformément aux anciens Réglemens confirmés par celui du 28. Fevrier 1725. A Paris ce 12. Juin 1735. Signé, G. MARTIN, Syndic.

Ie cede à Monsieur le Chevalier de Mouhy le Privilege des Memoires du Marquis de Fieux, pour la seconde Partie & suivante, me reservant seulement la premier, pour en joüir selon les Conventions faites entre nous. A Paris ce 16 Novembre 1735. PRAULT Fils.

Ie cede & transporte mon droit au present Privilege pour la seconde Partie, & les suivantes, au Sieur Gregoire-Antoine Dupuis pour en joüir en mon lieu & place, selon les Conventions faites entre nous. Fait à Paris ce 16. Novembre 1735. LE CHEVALIER DE MHOUY.

MEMOIRES
DE MONSIEUR
LE MARQUIS
DE FIEUX.

J'AI dit, dans la premiere partie, que j'étois prêt à ouvrir lorsque la Marquise me rappella.

Ah! Monsieur, attendez, me dit-elle, en se penchant vers moi, je tremble! cette violence avec laquelle on frappe, ne peut venir que de mon mari. Dans ce moment les coups redoublerent; une voix se fit entendre; ô Ciel, c'est lui, s'écria-t'elle, je le reconnois à sa parole, je suis perdu, Monsieur, s'il entre. Rassûrez-vous, Madame, lui dis-je, il faut que je meure, avant qu'il vous arrive rien de fâcheux ; tâchez de vous remettre, paroissez tranquille, & laissez-moi faire le reste, en achevant ces mots je fus ouvrir la porte, il parut, il avoit les yeux étincellans de colere & de rage, & se jettant avec violence dans la chambre. Où est-elle, s'écria-t'il, avec un ton à faire trembler : qui, lui dis-je, Monsieur, en me mettant devant lui ; une malheureuse, continua-t'il, qui s'est dérobé à ma juste vengeance ; elle a beau faire je l'ay fait suivre, j'ai marché sur ses pas, je sçais qu'elle est ici. C'est envain qu'elle veut m'échaper: en achevant ces mots, il voulut s'avancer vers le lit, dont j'avois fermé les rideaux ; arrêtez, lui dis-je fierement, ce n'est point ainsi qu'on entre dans un endroit où je suis le maître. Je n'en connois point, où est ma femme, reprit-il, en mettant l'épée à la main, & en voulant avancer ; j'avois tiré la mienne, & je disputois son passage, il paroit les coups d'une main, & nonobstant mes efforts, il avoit levé de l'autre le rideau : infâme, s'écria-t-il, en appercevant sa femme, qui s'étoit jettée à genoux sur son lit, te voilà donc entre les bras de ton nouvel amant, envain il est ton protecteur, tu ne peux aujourd'hui éluder le sort que je te prépare. En disant ces mots, il me portoit des coups que la jalousie & la colere rendoient redoutables, la vûë de ce combat fit jetter des cris effroyables à la Marquise ; mon adversaire étoit trop emporté, & se livroit avec trop peu de ménagement pour que j'eusse lieu de le craindre. Je conservai mon sang froid, & je parai jusqu'à ce que je trouvasse une occasion favorable ; le trépignement & les cris attirerent bien-tôt toute l'hôtellerie, cet époux furieux, animé par le monde qui entra, & craignant qu'on ne lui fît manquer son dessein, redoubla ses efforts, & se livra avec si peu de circonspection, qu'en me poussant une botte violente, que la prudence me fit éviter, il fit un faux pas dont je profitai, je me jettai sur lui, & le desarmai, il faisoit des juremens affreux, & j'eus mille peines à lui ôter son épée ; m'en voyant alors le maître, je fis retirer tous ceux qui étoient presens, & je fis emporter nos armes par l'Hôte, pour prévenir de nouveaux inconveniens, la porte étant fermée, & me voyant ſeul, je lui parlai en ces termes.

Si j'avois été auſſi violent que vous, Monſieur, lui dis-je, les choſes ſe ſeroient paſſées differamment, & vous vous repentiriez peut être à preſent de vous livrer ſi bruſquement. Que vous ai-je fait pour venir m'inſulter ? Prendre le parti d'une femme, & d'une femme criminelle, contre un mari ; eſt une offenſe, repliqua-t-il, que tout votre ſang peut à peine réparer : de quel front oſera t-elle ſoûtenir les juſtes reproches que j'ai à lui faire, quand même je n'aurois pas les ſujets de me plaindre, qu'elle ſçait ; le lieu où je la trouve, ne ſuffiroit-il pas pour la rendre coupable à mes yeux. Que ſignifie l'azile qu'elle a choiſi, d'où vient la protection que vous lui accordez au péril de votre vie ; que veut dire qu'elle ait quitté la voiture dans laquelle je ſçais qu'elle s'étoit miſe , n'ai-je pas lieu de croire qu'elle vouloit s'ôter les témoins de ſon infamie ? enfin pourquoi ſe trouve-t-elle couchée dans votre chambre ? Qu'as-tu à répondre , perfide , dit il , en regardant la Marquiſe avec fureur, peux-tu nier ces preuves nouvelles de ta mauvaiſe conduite , & de mon deshonneur ? Si les raiſons que vous avez de vous plaindre de Madame , interrompis-je , & dont vous vous ſervez pour la perſécuter , n'ont pas plus de fondement , que les dernieres que vous venez d'alleguer , je la plains , & je m'efforcerai de plus en plus à la ſoûtenir , & à la préſerver de votre injuſte reſſentiment : comment s'écria-t-il , en ſe levant , & en ſe jettant de nouveau ſur moi , vous prétendez ajouter la menace à l'offenſe : calmez s'il ſe peut, repris-je, ces tranſports fougueux. Ecoutez juſqu'au bout, je vous demande cette grace, continuai-je, en prenant un ton plus poli, remettez-vous ſur ce ſiége, & accordez-moi celle d'entendre tranquillement ce que Madame vous dira ; ſi vous n'êtes point touché de ſa juſtification, & que vous conſerviez, après cet entretien, la fureur qui vous a agitée, vous me trouverez toujours prêt à vous ſatisfaire. J'ajoutai beaucoup d'autres diſcours ſemblables pour le remettre. La Marquiſe le voyant plus calmé, & ſe ſentant, par ma preſence, à l'abri de cet époux impétueux, trouva des forces pour ſe juſtifier ; elle le fit avec des graces, qui portoient la perſuaſion dans le fond du cœur. Il étoit impoſſible d'y répondre, & il falloit que ſon époux fût auſſi fou qu'il l'étoit, pour n'en point être touché, ou pour mieux dire, il étoit au déſeſpoir de ne la point trouver coupable; il ſe leva en l'accablant de nouveaux reproches: c'eſt envain, lui dit-il, que vous cherchez à m'abuſer. O Ciel! s'écria-t-elle, que faut-il donc pour vous convaincre? ma mort, ſans doute, peut ſeule vous ſatisfaire, & vous ne me voulez criminelle, que pour avoir droit de me la donner. Eh bien, continua-t-elle, en verſant des pleurs, rempliſſez vos deſirs, je ne puis vous donner un témoignage plus autentique de mon innocence, qu'en me remettant entierement entre vos mains; allez, Monſieur, me dit elle, en m'adreſſant la parole, retirez vos ſecours généreux, le devoir & ma vertu me contraignent à les refuser; je n'oublierai jamais, qu'exposant votre vie dans un bois, vous m'avez fait connoître quel étoit le prix d'un veritable ami; je ne rappelle point les obligations presentes, elles ne serviroient qu'à me rendre de plus en plus odieuse, & à hâter les coups qu'on me prépare. Pendant ce discours le Marquis de P.... se rongeoit les doigts, & sembloit méditer quelque dessein; moi, s'écria-t-il, en se levant, & en nous regardant avec des yeux égarez, j'aurois quelque chose à démêler avec vous; non, votre vûë m'est insuportable, je vous trouve même indigne de ma colere, fuyez loin de moi, ne vous presentez jamais à mes yeux, oubliez, s'il se peut, jusqu'à mon nom, ce nom que vous deshonorez, & que vous couvrez d'infamie. Pour vous, Monſieur, continua-t-il, en ſe tournant vers moi, je n'ai rien à vous dire pour le preſent, nous nous trouverons peut-être en lieu où vous ne ſerez pas ſoûtenu par la canaille; en achevant ces mots il ſortit, en nous regardant avec mépris, je le laiſſai faire, & ſans lui parler, je le ſuivis de loin, il reprit de force ſon épée, que l'hôte tenoit encore, & l'en maltraita, après cette belle expedition il reprit la poſte, & nous délivra de ſon impétueuſe preſence.

Dès que je le vis éloigné, je revins trouver la Marquiſe. Ah! Monſieur, me dit-elle, je vous dois la vie, ſans vous je ne ſerois plus; mais ce n'eſt pas aſſez, il faut me la conſerver: que je ſuis fortunée, que mon époux cruel, n'ait pas profité du moment de mon désespoir je ne pourrai jamais revenir de mon effroi ; que vais-je faire, & comment continuer mon voyage! ne craignez rien, repris-je, Madame, vous venez d'entendre.... que dites-vous, Monsieur, reprit-elle, je ne le connois que trop? il se repent, peut-être déja de ne m'avoir pas immolé à sa fureur, j'ai tout lieu de craindre, vous l'avez vû rêver, me dit-elle, peut-être quelques projets sinistres, cette tranquillité apparente ne me séduit point, mais ô Ciel, que vois-je, vous êtes blessé, falloit-il encore ce malheur pour mettre le comble à mes chagrins, allez chercher un Chirurgien, dit-elle à sa femme-de-chambre qui venoit de se remontrer, & qui s'étoit cachée, lorsqu'elle avoit entendu son maître; qu'on ne perde point de tems à le faire venir. Ah ! Marquis continua t elle, que je vous cause de maux & d'embarras, j'avois jetté les yeux sur moi pendant ce discours, le sang sortoit d'une playe que j'avois reçu dans le côté; ce n'est rien, lui dis-je, Madame, remettez-vous, je ne ressens rien d'extraordinaire, & j'espere que cela n'aura aucune suite, c'est la moindre des choses que je voudrois essuyer, pour vous prouver mes sentimens. On trouve peu d'amis comme vous, continua la Marquise, en me disant plusieurs choses flatteuses à ce sujet, elle me fit approcher, arracha son mouchoir, & voulut absolument le mettre sur ma blessure. Le Chirurgien arriva un moment après, il me conduisit dans ma chambre, & après m'avoir sondé, il m'assûra que je serois guéri le neuviéme jour, les chairs ſeules avoient été percées, il me permit de me lever le lendemain, & cet accident ne me dérangea en aucune façon.

La ſanté de la Marquiſe, que l'incartade de ſon mari avoit fort dérangée, ſe remit peu de jours après, nous les paſſâmes en ſongeant aux moyens de lui faire éviter les entrepriſes nouvelles qu'il pourroit former contre ſa vie, nous trouvant en état, l'un & l'autre, de ſoûtenir la fatigue du voyage; nous nous mîmes dans une chaiſe, où nous nous arrangeâmes avec la femme-de-chambre, le mieux qu'il nous fut poſſible; la Marquiſe, à qui j'avois promis la ſuite de mes avantures, à la premiere occaſion, me ſomma alors de ma parole, je m'en acquittai avec plaiſir, charmé de pouvoir l'amuſer pendant la route,

& je repris ainsi le fil de mon histoire.

Il y avoit dans la ville, où nous étions en garnison, une femme fort jolie, nommée Madame de Menin; son mari jeune homme de trente ans, très-aimable, & qu'elle aimoit avec une passion démesurée, mourut pendant le tems que j'étois à la Cour du Prince de N... elle en étoit inconsolable, & tout le monde prenoit part à son affliction: sa douceur & son bon caractere lui avoient gagné jusques au cœur des Dames, je ne crois pas qu'on puisse pousser l'éloge plus loin. Madame de Raucourt, épouse de celui dont je vous ai parlé, étoit son amie intime, non-seulement elle avoit partagé sa juste douleur, mais même avoit quitté son ménage pour aller loger chez elle, couchoit dans sa chambre,

& ne la quittoit pas d'un pas; le Chevalier de Raucourt avoit pris cette occasion, pour m'engager à prendre une chambre chez lui, & notre amitie vint au point, qu'on ne nous voyoit point l'un sans l'autre, cette union réciproque nous acquit dans la ville le sur-nom d'inséparables; mais en amitié comme en amour, peut on compter sur la constance!

Madame de Raucourt ne trouvant aucune diminution à la douleur de son amie, résolut de la dissiper, en l'engageant à recevoir compagnie chez elle, sous prétexte qu'elle s'ennuyoit elle-même de vivre toujours seule; cette proposition effraya la belle affligée, on s'y attendoit, & pour l'amener peu à peu à ce point, on ne proposa que deux amis, dont M. de Raucourt en devoit être un, je fus le second, supposé, sans conséquence, à cause de ma jeunesse : le don que j'avois d'amuser Madame de Raucourt, lui avoit fait penser, que j'étois très capable de remplir ses vûës. On m'avoit annoncé comme un homme, dont le caractere étoit leger & boufon, & je fus reçu par Madame Menin, sous cet heureux préjugé, & ce n'étoit pas peu, car c'est ce qui décide de tout. Le premier jour se passa en cérémonie & en vains complimens, je fus examiné parce qu'on m'avoit donné pour un homme plaisant ; ma conduite ne répondit point à cette annonce ; on étoit triste, il falloit l'être, on s'entretint de choses sérieuses, j'animai la conversation, ou du moins je la fis durer ; la veuve avoit beaucoup d'esprit, je ne m'ennuyai pas, & c'étoit beaucoup,

car

car le deüil & le sérieux ne plaisent pas ordinairement à un certain âge.

A la seconde visite nous fûmes priez à souper, la retenuë & les égards que j'avois eu à la premiere, firent place au dessert à cette gayté, dont je me suis toujours paré, quelques mots plurent, on en soûrit, les graces reparurent à la place des soucis, rien n'obscurcit tant la beauté que la douleur, je n'avois fait jusques là aucune attention aux appas de Madame de Menin, mais ce souris charmant, comme un rayon, fit briller tout ceux dont elle étoit pourvûës, je la regardai fixément, & je ressentis un certain je ne sçai quoi, auquel je n'étois pas accoûtumé; à ce mouvement succeda l'envie de plaire, & bien différent de ceux qui restent immobile à la vûë d'une beauté qui les frape.

J'étallai le peu de brillant dont on me flattoit ; depuis la mort du mari on se couchoit régulierement à neuf heures précises, on poussà ce soir la veille jusqu'à onze, & peu de jours, après minuit nous trouvoit encore à table : nous passâmes environ un mois, sans que je manquasse à souper dans cette maison. Mais l'Inspecteur étant arrivé à la garnison, pour faire sa revûë, il y eut un grand repas où M. & Madame de Raucourt furent invités. L'on ne m'oublia pas, il étoit de régle de me mettre de toutes les grandes parties ; & en verité, Madame, ce n'étoit point pour mon mérite, mais à cause de l'heureux préjugé que l'on avoit de quelques talens, sur-tout de la Musique, qui semble devoir accompagner ces sortes de plaisirs, j'avois passé l'après-dîner chez

Madame de Menin, j'avois mérité par mes complaiſances auprès d'elle un nom d'amitié, c'étoit celui de ſon eſclave; cette qualité m'obligeoit de ſubir tous ſes ordres, ils n'étoient point déſagréables pour moi, & ils ſe trouvoient conformes à mon inclination, il s'agiſſoit de lire, de joüer de la violle, ou de faire des contes; les journées étoient employées à ces innocentes occupations, & cette belle Dame s'y étoit ſi bien accoutumé, que lorſque je venois tard elle boudoit; je m'étois toujours perſuadé que ces humeurs étoient une badinerie, mais le jour de l'invitation au ſouper de l'Inſpecteur, je crus pouvoir penſer, que ſuppoſé qu'elle eût feint ces petits caprices, qu'elle leur avoit donné, ſans y penſer, le caractere de la verité.

Il étoit près de huit heures du soir, c'étoit en hyver, & il étoit tems que je prisse congé de Madame de Menin, devant encore passer chez moi, avant de me rendre chez l'Inspecteur, lorsqu'elle m'arrêta. Vous êtes donc bien pressé, Monsieur, me dit-elle, je croyois qu'un esclave ne devoit s'engager à rien, sans le consentement de sa Maîtresse, mais je commence à m'appercevoir que vos fers vous sont insupportables. Eh bien, je vous rends libre, partez, mais souvenez-vous bien, qu'il ne m'arrivera jamais de me servir du nom que je vous avois donné. Ces mots furent dit avec un si grand sérieux, & avec un air de dépit si positif, qu'ils me donnerent la timidité du personnage dont il étoit question, je ne pus répondre un mot, je baissai les yeux respectueusement. La veuve à son tour fut embarrassée, sans doute, d'en avoir tant dit; elle se couvrit le front de sa main, & cachoit envain un rouge qui ne pouvoit échaper : que la modestie sied bien à une jolie femme, nous nous entre-regardions l'un & l'autre avec crainte, & lorsque nos yeux timides se rencontroient, nous les baissions aussi-tôt. Vous riez, Madame, dis-je à la Marquise, qui me regardoit avec un air malin, je gage que vous pensez que j'étois amoureux, & que j'en fais un mystere : vous vous trompez en vérité, le gout parloit, & puis c'étoit tout. Je vous crois reprit-elle, mais ce goût, ce trouble ressemble bien à l'amour : ce sera, continuai je, Madame, tout ce qu'il vous plaira, mais que ces mouvemens sont inférieurs à ceux que je reſſens pour vous ; je me tairai dorénavant, interrompit cette belle Dame, vous ſaiſiſſez toutes les occaſions pour me parler d'une paſſion.... j'obéïrai, repris-je, en lui voyant un air de colere, paſſez-moi, Madame, ce manque de reſpect, je me ſouviendrai mieux d'orénavant de vos ordres, mais qu'il eſt difficile de tenir toujours dans la contrainte les agitations du cœur.

La belle veuve prouve ce que je viens de dire, elle rompit la premiere le ſilence, & ſe leva en faiſant un ſouris contraint ; que je ne vous retienne pas davantage, Monſieur, me dit-elle, adieu, je vous ſouhaite bien du plaiſir ; de l'humeur dont je vous connois, j'imagine que vous en donnerez, non-ſeulement à votre compagnie., mais même que vous en prendrez beaucoup, pour moi, qui ſuis fait pour les pleurs... Ah, Madame, interrompis-je, attendri du ton dont elle prononça ces derniers mots, pouvez-vous penſer qu'on ne les partage point, & que l'on ne ſoit pas aſſez délicats pour vous faire des ſacrifices plus eſſentiels, que celui d'une partie de plaiſir, je ne m'y trouverai pas, & s'en eſt une veritable pour moi, que d'eſſuyer vos larmes. Non, non, reprit-elle, en ſe retirant, allez, faites votre cour, ce que j'en ai fait n'étoit que pour voir ſi vous joignez à toutes vos bonnes qualités, celle d'avoir un bon cœur; je voulus inſiſter, mais elle ſoûtint le même ton, en me faiſant comprendre de plus, que dans la ſituation où elle étoit, il ne lui convenoit pas de ſe trouver tête à tête avec moi. J'obeïs & je sortis avec un trouble que je n'avois jamais ressentis. Eh bien, me dit la Marquise, en m'interrompant, & souriant de ce que je m'étois arrêtez à ces derniers mots, d'où vient l'embarras où vous êtes, qui vous retient, la fausse honte de m'avoüer que vous aimiez Madame de Menin. Je vous ai dit plusieurs fois que je ne voulois rien de caché, vous craignez de vous démentir, & je suis sûr que vous avez envie de donner à cette histoire un tour different, prenez-y garde, Marquis, je ne vous le pardonnerois jamais : je vous jure, Madame, continuai-je, que je n'ai pas ce dessein, & vous allez connoître, par l'aveu sincere que je vous ferai, des premieres impressions de mon cœur.

Je restai encore long-tems chez

chez Madame de Menin après qu'elle se fut retiré : je sortis à la fin, pressé d'un trouble que je n'avois jamais ressenti ; je marchois avec distraction, & j'étois si rempli de la belle veuve, qu'il me sembloit la voir & me parler, je lui répondois avec une facilité dont je n'avois pas été capable en sa presence ; je me trompai de ruë, & je me trouvai très-éloigné de chez moi, lorsque je m'en apperçus, je repris mon chemin, & dès que je fus dans ma chambre, au lieu d'y faire ce qui m'y amenoit, je me promenai à grands pas, & à force de reflexions je ne pensois à rien, je parlois seul & j'adressois la parole à Madame de Menin. Cette fiction l'étoit si peu pour moi, & le ton de ma voix, étoit si naturel & si élevé, que mon Laquais entra dans ma chambre, s'imaginant que je l'appellois, il fit cesser ma rêverie, & je songeai alors que je devois me rendre chez le Gouverneur; je me pressai d'y arriver, le lansquenet, heureusement, avoit retardé le souper : le Chevalier de Raucourt, qui n'étoit point occupé à cette partie, me demanda d'où je venois, je lui en rendis compte avec un air embarrassé, dont il s'apperçut : il se plut à l'augmenter, & il entama une conversation que je soûtins si mal, qu'il s'écria, ma foi, Marquis, je vous crois amoureux, je me réserve au moins la confidence de vos nouveaux feux, c'est une premiere passion, & je la crois trop interessante; mais remettez-vous, continua-t-il, me voyant interdit, je suis tendre & compatissant, avoüez que c'est la belle veuve qui vous a touché; en faveur de ce choix, je vous promets de ne vous en jamais faire la guerre ; rien n'eſt plus aimable que cette Dame, elle a des yeux faits pour porter le deſordre dans un jeune cœur, & pour faire tourner la tête à un homme de mon âge ; moi qui vous parle, je l'aurois aimé à la folie, ſi je n'avois une femme, pour laquelle, malgré la mode, j'ai beaucoup de paſſion. Le Chevalier me preſſa tant enfin que je lui avoüai, (non de l'amour, car je ne croyois pas en avoir) mais la converſation que je venois d'avoir avec la belle veuve. Ah ! ah ! me dit-il, comment donc? on vous aime, on vous le fait ſentir, voilà qui eſt charmant ; allez, allez, mon cher de Fieux, vous allez eſſuyer les pleurs de la belle veuve, il n'en faut pas douter, & je trouve, en verité, votre ſort digne d'envie.

Comme il achevoit ces mots, un Officier vint nous interrompre, pour prendre part, diſoit-il, à notre amuſante converſation ; je lui en ſçut mauvais gré, car mon amour propre s'étoit trouvé flatté de ce que m'avoit dit M. de Raucourt. Nous changeâmes d'entretien, & le jeu fini on ſe mit à table. On dança après le ſoûper, nous reconduiſimes encore l'Inſpecteur chez lui, & revînmes le Chevalier & moi à la maiſon, nous reprîmes la converſation que l'Officier avoit interrompue M. de Raucourt la pouſſa bien avant dans la nuit, & j'eus toutes les peines du monde à me debarraſſer de lui. Je ne prévoyois pas ce qui devoit arriver, & que tous les évenemens de l'avenir ſont toujours figurés par quelques endroits. Je gagnai ma chambre, où je me mis au lit, & contre mon ordinaire, je ne pus m'endormir, je me rappellai alors tout ce qu'on disoit de l'amour, & je ne pus m'empêcher de croire que j'avois tous les simptômes de cette maladie.

Il étoit près de quatre heures après minuit, je commençois à m'assoupir (la jeunesse ne perd rien de ses droits) lorsque j'entendis frapper brusquement à ma porte: un laquais que M. de Raucourt m'envoyoit, venoit me chercher avec précipitation; Madame sa femme venoit de se trouver mal, & il sçavoit que j'avois un secret infaillible pour les colliques, dans les petites villes les secours sont lents, & en attendant le Chirurgien-Major, qu'on avoit envoyé chercher, il vouloit essayer si mon remede ne la tireroit pas d'affaire; j'arrivai en robe de chambre, quel ſpectacle touchant ! Raucourt pleuroit, & ſa femme ſe débattoit comme une perſonne qui va rendre les derniers ſoupirs, le Chirurgien-Major étoit malheureuſement abſent, on vint me le dire en attendant qu'on en fût allez chercher un autre; je fis prendre à la malade une demi-livre de dragées de plomb, dans un verre de vin blanc, en y ajoutant deux goutes d'elixir de proprieté; ce remede dénoüa le boyau, & fit ceſſer la colique; mais il étoit donné trop tard, les efforts qu'elle avoit faits lui avoient caſſé un arterre qui ſe manifeſta un inſtant après par un vomiſſement de ſang; le Medecin du lieu arriva, qui ordonna une ſaignée, mais il ne ſe trouva point de Chirurgien dans ce moment preſſant; j'hazardai dans ce beſoin extrême de faire cet office : mon pere ; qui à mon éducation avoit voulu joindre l'utile, m'avoit fait apprendre à saigner, mais comme j'ai toujours cru que chacun doit faire son métier, je n'ai jamais été du gout de mettre cette science en pratique ; cependant comme je ne l'avois acquise que pour les extrémités, que les hazards de la vie font rencontrer si souvent ; Raucourt qui me sçavoit ce talent, me pressa de faire cette operation ; elle fut heureuse, le vomissement cessa, mais deux heures après, la malade eut une perte de sang, qui fut suivie d'une fausse couche, dont elle mourut le lendemain.

Son mari fut inconsolable, il voulut se tuer, & sans moi il étoit la victime de son désespoir. Madame de Menin compatissante & touchée jusqu'au vif, de la perte d'une amie qui lui avoit été si secourable, s'offrit de la meilleure grace du monde, à tenir compagnie à la sœur de la défunte, dont la douleur ne cédoit en rien à celce du mari, cela convenoit trop à la situation de M. de Raucourt, pour que ces preuves de bon cœur fussent refusées, nous lui tînmes une fidéle compagnie: insensiblement il devint plus tranquille ; Madame de Menin étoit trop aimable, & consoloit avec trop de sincerité, pour que ces soins fussent inutiles. Le Chevalier s'accoutuma peu à peu à la douceur de lavoir; l'amour se glisse dans les cœurs sous toutes sortes de formes.

Un jour que je joüois aux échecs avec Raucourt, jeu seul convenable à la situation commune, il y eut un coup à contester : Madame de Menin nous regardoit comme heroïne de l'échiquier, nous nous adressâmes à elle pour nous juger, elle s'en défendit avec grace, ne voulant pas, disoit-elle, faire un mécontent, & elle nous invita à recommencer la partie; le Chevalier qui joüoit avec passion n'en fut pas d'avis, il se croyoit trop d'avantage sur moi, supofé qu'il eut gain de cause, ce qui lui fit redoubler ses instances. La belle veuve n'y put resister, se trouvant pressée de parler, sa décision me fit gagner la partie: Raucourt en fut piqué au vif, & se souvenant alors de la confidence que je lui avois fait au sujet de cette Dame, il la releva, & dit, en souriant malignement, qu'il avoit été bien fou de s'en rapporter à un juge partial, & dont le cœur penchoit pour moi. A ce discours, Madame de Menin jetta lès yeux sur moi, & sembla me reprocher mon indiscretion, une seconde partie fit cesser la badinerie, j'étois trop distrait pour la gagner, & le Chevalier content de cet avantage me laissa en repos.

Cependant le goût que j'avois pour la belle veuve s'augmentoit de plus en plus; mais effet ordinaire du caprice des femmes, dès que Madame de Menin fut bien convaincuë que je lui étois veritablement attaché, elle cessa de m'aimer, je m'apperçus même que je commençois à lui devenir à charge, & mes yeux jaloux ne furent pas lòng-tems à démêler qu'il y avoit entre elle & M. de Raucourt, une intelligence marquée; j'en ressentis de la douleur, je la témoignai & mes reproches furent jusques aux larmes; on se défendit mal, on fit ſemblant de ſoupirer, & ce fut toute l'impreſſion qu'ils firent ce feu paſſager ne put être diſtrait par mes occupations ordinaires; je devins rêveur, triſte, & je cherchai la ſolitude; je m'éloignai peu à peu de la maiſon du Chevalier, il ſouffrit mon abſence, me retint mollement, & le froid ſucceda bien-tôt à la chaleur de notre amitié; l'amour, où l'interêt ſont toujours les écueils où elle échouë. Les ſciences auſquelles je m'adonnai diſſiperent inſenſiblement le ſouvenir de cette premiere flâme, je pris tant de goût à l'étude de la Cabale, que j'en oubliai tous autres ſoins, & les connoiſſances qu'elle me fit acquerir me tenoient lieu de tous les plaiſirs qu'on goute ordinairement dans l'âge où l'on eſt fait pour les prendre.

Cependant M. de Raucourt

épousa six mois après Madame de Menin : j'étois gueri alors, & j'apris ce mariage sans aigreur ; mais je fus bien plus sensible à une avanture qui m'arriva, & qui entraina après elle des suites fâcheuses pour ma fortune.

Un étranger, Juif de nation, ayant appris que j'étudiois la Cabale, vint un matin me trouver ; il me fit voir des choses si singulieres, & qui flattoient si fort mon gout, que je resolus de ne rien épargner pour les apprendre, & je pris le dessein de les mettre en pratique, je l'arrêtai chez moi, & je me renfermai avec lui pour vacquer entierement à l'étude ; je quittai toutes mes connoissances, & je pris un tel plaisir à mes nouvelles occupations, que le reste de la terre ne me sembloit plus rien.

Cependant le peu de soin que je prenois de mes affaires

les dérangea au dernier point, & l'argent venant à me manquer par toutes les dépenses, occasionnées par les épreuves qu'il falloit constater, les dettes survinrent, & les créanciers me chagrinerent dans mon travail. Isaac, c'étoit le nom du Juif, à qui ma confiance ne put cacher ces choses, feignit de s'interesser à mes peines, & m'assûra qu'il étoit au désespoir de n'avoir pas sçu plûtôt le fond de mes affaires, en ajoutant qu'il auroit bien sçu y mettre ordre, & fonder ma fortune à un tel point, que rien n'auroit jamais été capable de l'ébranler; mais que m'ayant vû brillant il s'étoit persuadé que mon bien étoit suffisant pour mener une vie heureuse, qu'il étoit inconsolable de s'être trompé, & d'avoir douté de ma discrétion, qu'il avoit le secret de faire de l'or, & qu'il ne ſe pardonnoit pas de ne me l'avoir pas avoüé pendant que j'étois en état de faire la depenſe qui convenoit pour conſommer cet œuvre important ; qu'il étoit bien vrai que mes bonnes façons lui avoient inſpirez pluſieurs fois ce deſir de m'en parler, dont il n'avoit été retenu que par le peu de fond qu'on doit faire ſur la jeuneſſe ; mais que la grande confiance que je montrois, en découvrant le fond de mes affaires, auſſi-bien que ma prudence, & ma conduite, l'obligeoit à ſe déclarer, perſuadé que ſon ſecret étoit en trop bonnes mains, ayant trop d'eſprit pour ne pas ſentir les conſéquences funeſtes, qui réſulteroient de la moindre indiſcrétion ; enfin il ſuppoſa, que ſi je pouvois faire reſſource de cinq cens francs, que je pouvois compter qu'il me feroit voir des merveilles, & qu'il me mettroit à mon aiſe pour le reſte de mes jours, que pour ce qui le regardoit, je ne devois pas être ſurpris s'il n'avoit point de tréſor, qu'il les portoit dans ſa tête, & que là ils étoient en ſûreté, au lieu que le moindre ſoupçon de ce qu'il ſçavoit faire étoit capable de le perdre, ce qui étoit cauſe qu'il ne ſe chargeoit jamais, lorſqu'il voyageoit, que de l'argent néceſſaire pour arriver.

Ce diſcours me fit tant d'impreſſion que je ſongeai dans le moment, à amaſſer la ſomme dont il me parloit; je fus trouver les amis que j'avois negligés, & malgré le tems que j'avois été ſans les voir, je fus non-ſeulement bien reçus, mais chacun d'eux me prêta, ſelon ſon pouvoir; on connoiſſoit ma probité & ma conduite, je puis dire, que s'ils avoient été dans une situation de faire mieux, je n'aurois pas passé deux heures sans apporter la somme entiere.

Je revins chez moi la joie dans le cœur, je m'étois arrangé de façon, en vendant mes habits & mon épée, que je me trouvois encore cent francs au-delà; mon scelerat de Juif en marqua sa joie, & d'un air confiant, il me proposa de venir avec lui à M... pour acheter les choses necessaires pour le travail: cette proposition ne fut faite, sans doute, que parce que je ne le pouvois prendre au mot, ne me restant de toutes mes nipes, qu'une robe-de-chambre, m'étant mis dans ce cas dans la confiance où j'étois, qu'avant la huitaine j'aurois abondamment des moyens de lever

lever une nouvelle garde-robe : je rejettai bien loin la proposition qu'il me fit de le ſuivre, en le priant de ne point differer à partir, nous nous mîmes à table ; & pendant ce tems nous reglâmes de quel façon nous nous déferions de notre or, pour ne point nous commettre ; il fut décidé qu'on diſſoudroit les linguots dans l'eau forte, pour les reduire en poudre, & qu'on la vendroit à des Orféves differens, ou à des gens de ſa nation. Ces meſures priſes nous nous ſéparâmes, lui fort guai de voir ſi bien réüſſir ſes projets, & moi charmé d'être à la veille de l'opulence ; j'avois ſi fort crains que les frais du voyage n'écornaſſent la ſomme principale, & que je ne fuſſe troublé pendant le tems du travail par les beſoins de la vie, ou par mes créanciers, que je vendis jusques à mes chemises & à ma montre pour assûrer ma tranquillité.

Il m'avoit promis d'être de retour à la même heure ; comme il couroit la poste cela lui étoit facile ; je passai ce tems à me promener dans ma chambre, & à faire les plus beaux projets du monde : le premier qui me passa dans la tête, fut de mitonner le Regiment pour moi, mon Colonel n'étoit pas riche, & j'esperois que cette affaire ne me manqueroit pas. Je rougirois, Madame, de vous rapporter à quel point se porterent mes vûës folles & chimeriques, & jusqu'où mon imagination échauffée me conduisit ; un bon carrosse, une suite, des chevaux de mains, des bijoux, furent les moindres objets ausquels je m'arrêtai, voyager avec aisence, faire des galanteries, assister les malheureux, marier des filles de condition, ou en faire des Religieuses, retirer du vice celles que la misere y a plongées, fonder un Hôpital, faire apprendre des métiers à ceux, qui faute de ce secours, languissent sur le pavé, partir pour la Cour de N..... & montrer ma reconnoissance au Prince & aux Princesses, de qui j'avois été si bien reçu dans le tems de mon exil volontaire; mille choses semblables me roulerent dans la tête, mais toutes ces fictions flatteuses commencerent à dégénérer, lorsque la nuit du lendemain arriva sans revoir Isaac, dont je ne soupçonnai cependant encore rien de desavantageux, je crus que quelques-unes des drogues, necessaires pour l'œuvre, ne s'étant point trouvée à M.. il avoit été obligé de les aller chercher plus loin, je me couchai sans souper, & j'attendis, sans pouvoir fermer l'œil, le retour de cet homme, avec une impatience inexprimable : je ne rapporterai point tous les tourmens que je souffris pendant huit jours consécutifs, tantôt j'envoyois sur le chemin, par lequel il devoit revenir, dans d'autres momens je me figurois qu'il lui étoit arrivé quelque malheur, mon incertitude affreuse ne me laissoit pas le tems de respirer, tous les chevaux qui passoient devant chez moi, ou que j'entrevoyois de loin, étoient toujours pris pour ceux qui me ramenoient mon Juif, il ne me venoit pas dans l'idée de le soupçonner, je ne puis concevoir quel étoit le fondement de l'heureuse prévention que j'avois pour lui.

Le neuviéme jour je fus réveillé de ma létargie par l'arrivée du Major du Regiment qui vint me voir, il m'apprit que le Gouverneur de la Place l'avoit envoyé chercher, pour me donner ordre de ſa part de l'aller trouver, ayant des choſes d'une conſéquence extrême à me dire, & qui ne ſouffroit aucun retard.

Ce ne fut que dans ce moment que je fis réflexion à la ſituation où j'étois, parce qu'il me falloit un habit, je ſoupirai, & le Major s'en étant apperçu, me demanda obligeamment la cauſe de l'inquietude que je faiſois paroître, en m'offrant ſes ſervices, ſuppoſé que j'euſſe quelques affaires ſur mon compte; cette queſtion me fit reprendre ma ſérénité, & je m'excuſai ſur ce que je ne me portois pas bien; il le prit dans le même ſens, en me conſeillant cependant d'aller chez le Gouverneur.

Lorsque je fus seul, je songeai, en moi-même, à ce qui pouvoit avoir donné lieu à cet ordre, & n'en imaginant aucun de disgracieux, je ne trouvai point que je fusse obligé à y être si exact, j'envoyai au Gouverneur, & je m'excusai sur une maladie, mais on me fit répondre qu'elle n'étoit point assez considerable, pour ne point obeïr, & qu'il falloit que je m'y rendisse sur le champ, autrement, qu'il m'envoyeroit des Grénadiers pour me donner le bras: cette réponse m'irrita, & au lieu de chercher les moyeus d'aller sçavoir de quoi il s'agissoit, je restai chez moi pour braver le Gouverneur, & la colere que j'eus contre lui dissipa l'idée de mon Juif.

L'on ne me laissa pas longtems dans ces réflexions, le Gouverneur tint parole, il envoya un Officier & douze Fuſeliers me chercher, avec ordre de me conduire en priſon; l'Officier étoit de mes amis, & il me marqua du chagrin de la commiſſion dont on le chargeoit; je trouvai ſon excuſe mauvaiſe, & ſans avoir égard qu'elle étoit légitime, je le pris ſur le mauvais ton; tant il eſt vrai que la jeuneſſe boüillante ne ſçait point enviſager les choſes comme elles doivent l'être. Cet homme à ſon tour fut irrité de la façon dont j'avois reçu ſa politeſſe, & il ſe ſervit du pouvoir qui convenoit à ſes ordres, je le ſuivis en priſon; toute la ville m'accompagna, & ma honte & ma fureur furent ſi grandes, que je formai la réſolution de me battre avec le Gouverneur & avec l'Officier, dès que je ſerois en liberté de le faire: tous les amis que j'avois à la

Garnison „ aussi-bien que mes camarades „ vinrent pour me voir, mais il y avoit ordre qu'on ne me laissât parler à personne, j'en fus surpris, ne pouvant imaginer que le seul ressentiment du refus que j'avois fait, de rendre visite au Gouverneur, en fût la cause ; mes doutes furent bien-tôt éclaircis. On ouvrit ma porte, & le Lieutenant de Roi de la Place entra, qui après une froide politesse se couvrit, & me parla en ces termes :

Je viens de la part du Gouverneur, Monsieur, qui est fort irrité de la résistance que vous avez faite à ses ordres ; ceux qu'il a reçus contre vous sont positifs, & la consideration qu'il avoit bien voulu avoir pour vous, en faveur de Monsieur votre pere, méritoit que vous ne lui eussiez pas fait l'impolitesse de ne pas vous rendre chez lui ;

lui, où il auroit peut-être pris, des arrangemens qui ne vous auroient pas déplû ; il seroit venu lui-même ici, pour vous interroger, si ses gouttes ne le retenoient ; je suis chargé de le faire à sa place, & de vous demander compte de votre conduite, depuis le jour que vous avez été à la Cour du Prince de N.... où vous avez formez des intelligences contre le service du Roi, ce qui est averé par la déposition d'Isaac Mayer, qui a été arrêté, & qu'on a trouvé chargé de lettres en chiffres venant d'Allemagne, & dont vous vous êtes servi pour faire rendre vos lettres à cette Cour, & qui n'a avoüé ces choses, que lorsqu'on l'a menacé de la question, en protestant qu'il n'étoit complice en aucune façon de vos intelligences, & qu'il ne s'en étoit chargé, à ce qu'il dépoſe, que parce que vous lui avez inſinué que vous étiez en relation avec la Princeſſe Ainée de la Cour de...... de qui vous receviez quelquefois des lettres, & avec laquelle vous aviez un commerce de galanterie. J'étois ſi étonné de toutes ces choſes, que je n'avois pas ſongé à y répondre : Monſieur, croyez-moi, continua le Lieutenant de Roi, voyant la ſurpriſe dans laquelle m'avoit jetté ſon diſcours, ne finaſſez point dans cette affaire, votre jeuneſſe, & la conſideration de votre famille pourra vous tirer de ce pas, il eſt délicat, & le mieux eſt de ne point obliger M. le Gouverneur, par votre obſtination, à vous faire les traitemens ordinaires en de pareilles occaſions.

Après avoir tenu ce diſcours, le Lieutenant de Roi ſe tut, &

attendit ma réponſe : vous ſerez long-tems, repris-je, ſi vous vous flattez d'un aveu de choſes auſquelles je ne comprens rien abſolument, & qui me paſſent de toutes les façons ; il eſt vrai que j'ai été en relation avec un Juif, nommé comme vous le dites fort bien, Iſaac Mayer ; mais il eſt entierement faux, & peu vrai-ſemblable que je l'aye chargé d'aucunes lettres, & que je ſçache rien des faits que vous m'imputez ; tout le monde ſçait que la ſimple étude de la Phyſique pratique.... Le prétexte eſt bien trouvé & prévû, interrompit le Lieutenant de Roi : parlons, Monſieur, tenons un autre langage, vous n'avez pas affaire avec un nigaud qui ſe repait d'hiſtoire ; & tous vos ſubterfuges ne vous ſerviront de rien : vous pourriez, Monſieur, repliquai-je, (en mettant mon chapeau fierement) vous ſervir d'autres termes, & l'on ne parle point ainſi à un Officier, & à.... Mon Dieu, continua irroniquement mon Juge, il ne faut pas ici faire le méchant, nous avons des fers; & vous m'avez bien la mine, avec vos fanfaronades, de coucher avec des braſſelets. Je vous avoüe, Madame, que le ton & la ménace me révolterent: j'ai toujours été aſſez moderez pour l'emportement, mais je ne pus tenir à de pareilles indignités, je ſortis même imprudemment des bornes preſcrites à la qualité d'un priſonnier; le réſultat de la converſation fut qu'on me fit deſcendre au cachot, les fers aux pieds & aux mains, où l'on me laiſſa le tems de moderer ma fureur.

Ah! mon Dieu, s'écria la

Marquise, est-il possible qu'on n'ait pas eu égard à votre jeunesse? peut-on à cet âge essuyer de pareilles infortunes? sortez, Marquis, continua-t'elle, au plûtôt de ce funeste embarras; il me peine avec autant de vivacité, que si la chose ne venoit que d'arriver. Que je serois heureux, repris-je, Madame, si d'autres endroits que celui de la pitié, vous interessoit avec autant de chaleur; si des évenemens plus forts sont capables de les faire naître, j'aurai bien tôt lieu de joüir de cette satisfaction.

La netteté d'une conscience pure console beaucoup: je ne souffris point autant que je le devois, & j'étois bien loin de me figurer ce qui m'étoit préparé pour le lendemain. Le fourbe d'Isaac m'avoit si fort prévenu du danger qu'il y avoit d'être découvert, lorsqu'on possédoit le secret du grand œuvre, que j'étois toujours dans l'opinion qu'il en étoit soubçonné, & que c'étoit là la véritable cause de son arrêt; de là je tirois cette conséquence que pour nos interêts commun, il avoit eu recours à l'histoire, dans laquelle j'étois si naturellement compris, s'étant persuadé peut-être, qu'étant appuyé par une famille, & par des amis, & que devinant lorsqu'on m'en parleroit quelle avoit été son intention; j'aiderois en l'avoüant à le tirer d'affaire, & par-là conserveroit le secret si essentiel dans cette importante affaire : je n'avois pas assez d'usage des affaires d'Etat, pour croire que ces suppositions pussent me jetter dans l'embarras; & je fus à la veille vingt fois de prêter la main à tout ce qu'on m'imputoit, dans l'eſpe-rance d'en être pleinement dé-dommagé, lorſque je ſerois réü-ni à Iſaac : un peu de jugement cependant me retint, & je me réſolus d'attendre les évene-mens, & de perſiſter toujours dans mes premieres dépoſi-tions.

Le lendemain le Gouverneur ſe tranſporta, malgré ſes gout-tes, à la priſon, il me tint à peu près les mêmes diſcours du Lieutenant de Roi, à la réſer-ve qu'il me dit, fort ſérieuſe-ment, qu'il falloit que j'avouaſ-ſe de bonne grace tout le ſecret de mon affaire, qu'il n'y avoit point de raillerie ; qu'il attendoit de jour à autre des ordres, dont on ne pourroit peut être plus revenir : qu'il plaignoit ma jeuneſſe, mais qu'elle ne pouvoit me préſerver des rigueurs dont on uſoit envers ceux qui étoient mêlés dans les interêts de l'Etat ; qu'il ne falloit point me flatter ſur ma qualité ; que quand je ſerois beaucoup plus élevé que je ne l'étois, qu'il ne m'en feroit pas moins mettre à la queſtion, ſi les lettres qu'il alloit recevoir, lui ordonnoient de me faire parler. Le ſérieux avec lequel on me faiſoit ces menaces, ne me donnerent pas lieu de croire qu'elles fuſſent ſimulées : je ſentis alors tout le danger de ma ſituation ; je proteſtai au Gouverneur, que je ne pouvois imaginer qui avoit donné lieu à cette hiſtoire : je le fis reſſouvenir de la conſideration qu'il avoit toujours marqué pour mon pere, & en cette faveur je le priai de me permettre de lui écrire, afin de lui donner avis des choſes qui ſe paſſoient. Il m'accorda cette grace, malgré les ordres contraires qu'il disoit avoir à ce sujet, & se chargea même de lui faire rendre la lettre ; il me fit dire le lendemain, que le Marquis de Fieux avoit pris la poste, dès qu'il avoit sçu le danger que je courois, & qu'il étoit allez à la Cour solliciter ma grace, en cas que je fusse coupable comme on le disoit hautement.

Je fus cinq jours entier dans la cruelle incertitude de mon sort : le sixiéme jour, Isaac chargé de fers, me fus confronté : il me soûtint en face les mêmes choses qui m'avoient été rapportées Je m'attendois toujours à quelque coup d'œil de sa part, mais il n'étoit que trop vrai qu'il vouloit me perdre pour se tirer d'affaire ; j'ouvris alors les yeux, & je connus que j'avois été duppé par ce fourbe; j'eus beau faire parler la verité,, les presens que ce Juif avoit fait, séduisoient la crédulité de ceux qui devoient proteger mon innocence. Les personnes en place sont les premieres à condamner ces protections mercenaires ; mais qu'il y en a peu qui résistent à l'amorce attrayante de l'interêt ! le Gouverneur envoya à la Cour un procès-verbal, de ce qui venoit de se passer : en attendant je fus gardé à vûë, & l'on me renvoya dans mon cachot, avec ce monstre. De dire le lendemain la verité ou de me préparer à me la voir arracher par les moyens violens, dont on se sert dans ces tristes occasions ; je frémis de ces ménaces ; je sentis alors toute la dureté de mon sort, & qu'il n'y avoit qu'un miracle qui pût m'en préserver. J'avoüerai que ma constance & ma fermeté m'abandonnerent lorsque l'on eut fermé les verroux ; je pleurai amerement, j'invoquai Dieu ; & j'ai toujours été persuadé depuis que le sacrifice interieur que je lui fis de ma situation, fut la cause de ce qui m'arriva la nuit suivante.

Deux heures à peine s'étoient passées, depuis la visite que les Guichetiers ont accoutumé de faire tous les soirs, avant que de se retirer, & de rendre les clefs au Geolier ; le bruit sourd des verroux, qui se fait entendre dans ces funestes lieux, prouvoient par leur repos que la nuit étoit déja avancée ; les seuls gémissemens de quelques criminels condamnez au supplice, perçans lugubrement ces voûtes infernales, troubloient la tranquillité de ce séjour rempli d'horreurs, lorsque j'entendis ouvrir ma porte ; je frissonnai de tous mes membres, une sueur froide me couvrit; à quoi pouvois-je m'attendre à cette heure qu'à des nouvelles sinistres? A peine osois-je ouvrir les yeux; mais quelle fut ma surprise, lorsqu'à la clarté d'une lenterne, j'entrevis une aimable fille légerement vêtuë, & comme une personne qui sort de son lit; elle s'avança vers moi, le doigt sur la bouche, & se baissant: je viens, me dit-elle, pour vous sauver; j'ai entendu dire hier à mon pere, (il ne me croyoit pas si près) que les ordres de la Cour venoient d'arriver, & qu'ils étoient de la derniere rigueur; je ne vous dissimule point qu'il a ajouté, que vous ne sortiriez de votre affaire que par la perte de votre vie. Dès le premier jour que je vous ai vû mettre ici, j'ai pris un véritable interêt à votre malheur, & dès que j'ai soupçonné qu'il pouvoit aller à ſon dernier période, j'ai formé le deſſein de travailler à votre liberté : vous voyez tout ce que je riſque pour y parvenir, le danger preſſant que vous courez, m'a fait paſſer par deſſus toutes les difficultés qui sembloient s'y oppoſer ; j'ai donné hier, de la part des priſonniers, de quoi boire au Guichetier de garde ; j'avois adroitement mis dans ſon vin de quoi l'enyvrer ; je n'ai pas eu beſoin de recourir au même expédient pour me garder de mon pere, qui eſt le Geolier de ce lieu ; il eſt trop accablé d'une fiévre, qui lui dure depuis quelques jours, pour que j'ai rien à craindre de ſa part : nous le gardons, ma mere & moi, toutes les nuits depuis qu'il eſt malade ; & j'ai profité de celle-ci pour m'emparer des clefs ; le tems eſt favorable ſuivez-moi. Je témoignai ma reconnoiſſance, comme vous le devez penſer, à cette aimable fille, en lui faiſant connoître le regret que j'avois de ne pouvoir profiter de ſa bonne volonté à cauſe des fers, qui m'empêchoient de marcher : mon Ange, (car je peut bien l'appeller ainſi) n'avoit pas prévû cet embarras ; elle ſe mit à rêver un moment, & prenant enſuite tout d'un coup ſon parti : cela, dit-elle, ne doit pas vous retenir, vous me paroiſſez leger, je ſuis forte ; attendez un moment, je vais ouvrir les portes, afin de n'être pas obligée de vous mettre à bas : je ne concevois rien à ſon deſſein, & je la laiſſai faire ; elle revint un moment après, & m'ayant ſaiſi par le milieu du corps, elle me porta ſur ſon cou, & le zele lui fit trouver des forces pour venir à bout de ſon deſſein ; après bien des peines nous nous trouvâmes à la porte. Je vous avoue, Madame, que cette action généreuſe me toucha juſques au fond du cœur, & que je me réſolus de le lui témoigner, en faiſant pour elle tout ce dont j'étois capable dans la malheureuſe ſituation où j'étois.

Après que ma Liberatrice eut repris haleine un moment, elle fit un dernier effort pour me porter à la porte d'un Marêchal, qui étoit dans une ruë voiſine ; elle me mit dans une allée peu éloignée, & comme avant que de ſortir elle s'étoit munie de l'argent de ſon pere, elle me dit, qu'avec ce métail elle eſperoit d'engager un des ouvriers à rompre mes fers: la choſe réüſſit comme elle l'avoit prévûë ; mais un autre inconvenient ſembloit s'oppoſer à ma fuite, je n'avois que ma chemiſe ſur le corps. L'aimable Marianne, c'eſt le nom de ma Liberatrice, ne pouvoit pas prévoir que j'étois ſans habit. Elle me dit, que la premiere choſe qu'il falloit faire, étoit de nous cacher près des portes de la ville, afin d'être des premiers à ſortir lorſqu'on les ouvriroit ; nous avions encore ce pas à faire pour notre liberté, n'étant que trop certain que nous riſquions d'être repris, ſi l'on s'appercevoit de notre évaſion avant l'ouverture des portes. Nous fûmes aſſez heureux pour que cela n'arrivât pas ; à quatre heures nous ſortîmes de la Ville, & comme on étoit en Eté, on ne fit point attention à l'habit qui me manquoit. Nous uſâmes de diligence, & nous prîmes un chemin de traverſe ; au bout de deux heures nous

nous trouvâmes à une ferme au milieu de la campagne, où nous entrâmes pour nous y reposer.

Une bonne vieille femme filoit à sa porte, nous la saluâmes, & nous lui demandâmes la permission de nous rafraichir pour de l'argent; elle nous reçut avec humanité, & nous presenta à déjeuner du lait & des œufs, ce repas rustique nous parut exquis. Marianne étoit lasse; l'agitation de ma fuite m'avoit empêché de la considerer, elle étoit blonde; des yeux bruns, avec le plus beau tein, faisoient une très-jolie personne, je l'aurois trouvée sans défaut, si elle avoit eu la taille un peu plus fine. Cependant soit reconnoissance ou amour, je me sentis pour elle un penchant très-tendre; je profitai du tems que la bonne vieille étoit sortie, pour marquer à ma Liberatrice combien j'étois reconnoissant : Les expressions me manquent, lui dis-je, pour vous persuader à quel point je suis pénétré de ce que vous avez fait pour moi ; quelques choses que je fasse, seront-elles jamais à comparer à votre générosité. Eh ! laissons cela, Monsieur, répliqua Marianne, en soupirant, n'en serai-je pas assez payée, si je suis parvenue au plaisir de sauver un aussi aimable Cavalier ; attendons des momens plus favorables, pour que je vous explique toutes les raisons qui m'ont portées à l'entreprendre. Vous y entrez pour beaucoup, mais hélas ! je suis assez malheureuse pour que vous n'y ayez pas la premiere part. Lorsque nous serons à l'abri, je vous ouvrirai mon cœur : Ah ! belle Marianne, interrompis-je, serois-je aſſez heureux pour ous prouver combien vou pouvez compter ſur le mien. Laiſſons ces vains diſcours, interrompit cette aimable fille, les momens ſont précieux, ſongeons à ce que nous avons à faire, nous ne ſommes qu'à deux lieuës de la Ville ; que ſçavez-vous, ſi l'on ne s'eſt pas apperçu de notre fuite ? ne devons-nous pas trembler d'avoir les Archers à nos trouſſes ? peut-être qu'on nous pourſuit actuellement ; ce qu'il y a de plus cruel eſt un mal de côté épouvantable, que je crains bien qu'il ne m'empêche de marcher ; il n'y a cependant point de raillerie pour moi, ſi j'étois repriſe, je ſerois malheureuſe pour le reſte de mes jours ; nous ſommes bien à plaindre de ce que le Maître de la maiſon ne ſoit pas ici, il nous auroit peut-être prêté des chevaux. Attendez, lui dis-je ; dans une pareille occasion il faut donner à l'avanture, en entrant ici j'en ai entrevûs dans l'écurie qui étoit ouverte ; je prends sur moi tout ce qui en pourra arriver, tâchez d'amuser la bonne femme lorsqu'elle sera de retour, j'irai seller deux chevaux, je les conduirai derriere cette haye que nous découvrons d'ici, où je vous attendrai, & où vous me viendrez joindre dès que vous trouverez le moment favorable. Marianne approuva le projet, d'autant plus aisément qu'elle me dit qu'elle laisseroit en argent le vol que la necessité où nous nous trouvions nous obligeoit de faire. Je n'eus pas grand peine à venir à bout de mon dessein; les chevaux étoient bons, & dès que ma compagne d'infortune m'eut joint, nous piquâmes , & au bout d'une demi-heure, nous nous jettâmes dans un grand bois qui s'étoit offert à notre vûë.

Dès que nous y fûmes nous rallantîmes notre marche : le mal dont Marianne s'étoit plaint à la Ferme, augmentoit de plus en plus, & vint à un tel point que ne pouvant plus se soûtenir à cheval, je fus obligé de l'en descendre ; je souffrois extrêmement de l'état où je la voyois, & j'aurois bien voulu pouvoir la soulager ; mais son mal étoit de nature, à ne recevoir que le remede qui lui étoit propre. Comme elle le dévoroit depuis long-tems, une sincope la surprit, & la fit tomber en foiblesse ; je courus à un petit ruisseau qui n'étoit pas éloigné, pour lui jetter de l'eau au visage, mais je n'eus pas fait trente pas, que frappé des cris les plus perçans qu'elle faisoit, je revins avec précipitation à son secours : en quels termes, Madame, vous rapporterai-je la cause de ses tourmens ; vous le dirai-je? Cette aimable fille, pour laquelle mon cœur prenoit déja le plus tendre interêt, interêt si vif, fondé sur la reconnoissance, sur ses charmes, & sur l'idée que j'avois de sa vertu, & qui m'avoit fait résoudre en secret, de l'épouser, lorsque je serois en lieu de sûreté : Cette aimable fille, dis-je, alloit accoucher ; elle me demandoit des secours ; de quelle espece, grands Dieux? Je ne connoissois rien à ces sortes de maux ; elle se débattoit cependant avec violence, & la rage de son mal étant au dernier comble, elle m'apostrophoit des noms qu'elle lui dictoit, & me reprochoit mon ingratitude, & ma dureté :

A tout cela j'étois resté immobile, frappé de ce spectacle imprevû, je ne sçavois quel parti prendre, mais elle trouva bientôt le secret de me tirer de ma létargie; elle saisit un caillou, & me l'ayant lancé avec fureur, elle me fit jetter, à mon tour, un cris horrible; il m'atteignit au visage, il me mit tout en sang, & sans un arbre, auquel je me retins, je serois tombé à la renverse; je m'éloignai avec précipitation de cette furieuse fille, ses clameurs & sa rage continuoient, & je ne sçavois plus que devenir.

Sur ces entrefaites j'entendis un bruit de chevaux, la crainte que ce ne fussent des gens qui me poursuivoient, me fit fourrer précipitamment dans un buisson voisin; il étoit touffu, & je m'y crus en sûreté. Un demi quart d'heure après, je vis passer à travers les branches une charette & quatre hommes armés, qui la suivoient le mousqueton haut; je ne fus pas longtems sans sçavoir de quoi il étoit question, la vûë d'un Capucin, qui presentoit le Crucifix à un Patient, la corde au col, me mit au fait de l'avanture; une suite de païsans accompagnoit la pompe sinistre; elle s'arrêta à une portée de fusil de mon buisson, sous un grand arbre, je vis poser l'échelle, & l'on alloit commencer l'exécution, lorsque les cris de Marianne firent un mouvement que je ne pus démêler. Si je m'en étois cru alors, j'aurois profité de cet évenement, qui devoit occuper assez le peuple, pour me fournir le tems de me couler d'arbre en arbre, & de m'éloigner, mais la frayeur d'être découvert par ceux qui pouvoient

voient être à l'écart ; & l'idée d'abandonner une fille qui avoit tout fait pour moi, me fit résoudre d'attendre la fin de toutes ces choses. Le patient fut expedié, & fut élevé si haut que je ne perdis pas une circonstance de cette funeste catastrophe. Le cœur me frémissoit, & mon esprit étoit dans l'assiette la plus desagréable. Un moment après la charette répartit, dans laquelle je reconnus Marianne, que deux païsannes soûtenoient ; j'eus une secrette satisfaction de la voir en mains qui lui devoient apporter des secours plus efficaces que ceux que j'aurois pû lui donner. Tout le peuple la suivit, marquant par son murmure, qui venoit jusqu'à moi, l'interêt qu'il prenoit à cet évenement nouveau ; j'attendis que le bois fut désert pour sortir de mon azile ; mais je n'étois pas encore à la fin de cette malheureuse journée.

Je me préparois à sortir du buisson, lorsque j'entendis parler dans le bois assez haut : un bruit de chevaux qui vint frapper mes oreilles, me fit rentrer dans le plus épais du Taillis. La précaution fut salutaire; plusieurs gens à cheval passerent près de moi : il ne peut être bien loin, disoit l'un d'eux, & quoique Mademoiselle Marianne nie de s'être échappée avec lui, il ne faut pas douter que ce ne soit elle qui ait prêté les mains à sa fuite; les circonstances des tems & des lieux ne m'en font pas douter ; mais ce que je ne conçois pas est l'état dans lequel nous l'avons trouvée : que diable auroit crû, reprit un des camarades de celui qui parloit, que cette fille, qui paroiſſoit ſi ſage, fût-tombée dans une pareille faute : je ne vois rien de ſi ſurprenant à cette avanture, répartit le premier, cette fille a fait comme beaucoup de ſes pareilles, qui ſauvent les apparences, & qui n'en ſont pas moins tendres dans le fond : l'embarras eſt de ſçavoir, ſi l'enfant eſt du priſonnier ; il n'y a cependant pas aſſez de tems qu'il eſt chez elle, pour que cela ſoit : bon, interrompit l'autre, n'a-t'il pas pû la connoître avant qu'il fût arrêté ; qu'il en ſoit cependant ce qu'il pourra, ce ne ſont pas là nos affaires ; la principale eſt que le pere a promis cinq cens frans à ceux qui rameneroient les fugitifs ; l'aubaine eſt aſſez bonne pour y apporter tous nos ſoins ; l'ouvrage eſt à moitié fait, il ne reſte plus qu'à ne pas manquer l'Officier ; il n'eſt pas poſſible qu'il nous échappe, & nous devrions nous ſéparer pour lui croiſer tous les chemins; s'il eſt caché, la faim l'obligera de ſortir de ſon azile. Ils dirent encore pluſieurs autres choſes que je ne pus entendre à cauſe de l'éloignement. Ces avis me firent juger, que je ne pouvois trop prendre de précaution, n'étant pas d'humeur de tomber entre leurs mains.

Je paſſai le reſte de la journée, & une partie de la ſoirée dans les inquiétudes les plus funeſtes, j'avois toujours l'oreille contre terre, le moindre bruit porté par réflexion dans le bois me faiſoit treſſaillir; cependant comme on s'accoutume à tout avec le tems, je revins peu à peu de ma crainte, mais non de celle, ou de mourir de faim, ou que le jour me ſuprît ſans m'être échapé; quoi qu'il en pût arriver je ſortis du mon buiſſon. Je m'arrêtois à chaque pas ; bientôt il me ſembla entendre un bruit ſourd, comme de quelqu'un qui ſeroit ſur un arbre ; la Lune étoit ſur l'horiſon, & la quantité des nuages l'obſcurciſſoit & rendoient la nuit ténébreuſe : je commençois à m'éloigner avec précaution, lorſque ſa lumiere ayant pénétré, je vis à ſes rayons un homme qui deſcendoit de deſſus un arbre, je ſoupçonnai que c'étoit celui où s'étoit fait l'exécution dont j'ai parlé, & j'imaginai, avec quelque vrai-ſemblance, que quelques parens du pendu étoient venu peut-être pour enlever le cadavre ; dans cette incertitude je mis ventre à terre, & je connus bien-tôt que je ne m'étois pas trompé : deux hommes, que je n'avois pas apperçus, étoient au pied de l'arbre qui en chargerent un troisieme ; je crus que cette occasion étoit favorable pour me tirer du bois dont j'ignorois les chemins, esperant qu'à la sortie je pourrois me découvrir à eux ; & qu'ayant la connoissance que j'avois de ce qui venoit de se passer, ils me prêteroient volontiers les mains, pour me dérober à la poursuite qu'on faisoit de moi. Je m'étois levé pour les suivre, & je doublai le pas dans la crainte de les perdre de vûë, lorsqu'en marchant sur quelque chose qui me parut extraordinaire, j'entendis jetter un cris, qui fut suivi de *qui vas là*; je m'éloignai avec précipitation, mais entendant marcher & craignant d'être repris au bruit de mes pas, je m'arrêtai derriere un arbre, pour écouter de quel côté l'on venoit. Une voix se fit bien-tôt entendre : que vai-je devenir, disoit-elle ? le cadavre est enlevé, comment retourner à la Ville. Ce discours me rassura, je jugeai que c'étoit quelque soldat qui avoit été posté dans cet endroit, pour empêcher qu'on n'enlevât le mort : je résolus de rester à ma place, jusqu'à ce qu'il eût quitté la sienne. J'étois couché, fort inquiet, derriere un buisson, & la fatigue que j'avois essuyée depuis si long-tems m'ayant accablé, je me laissai aller au sommeil.

Le vespere commençoit à paroître ; un foible jour perçoit l'obscurité de la forêt ; j'étois plongé dans un repos qui m'avoit fait oublier toutes mes peines, lorsque je fus reveillé, en sursaut, par un homme qui me tiroit par la gorge ; j'y portai la main précipitamment. Jugez de ma surprise, Madame, de me trouver la corde au col ; je n'eus pas grand peine à me dérober à la violence de cet homme, qu'à ſon habit je reconnus pour un ſoldat. Le premier mouvement que j'avois fait, lui avoit donné un tel effroi, qu'il en avoit reculé de deux pas ; ſon fuſil étoit au pied d'un arbre, & j'eus la préſence d'eſprit de me jetter deſſus, je le couchai en jouë, en lui demandant ce qu'il me vouloit, & la cauſe du traitement qu'il m'avoit voulu faire. Cet homme qui m'avoit pris, ſans doute, pour le pendu qu'il veilloit, n'avoit pas la force de me répondre, je crus que le meilleur parti étoit de le laiſſer & de me retirer. Je ſuivis le grand chemin, & je m'éloignai avec viteſſe. J'avois preſque fait une lieuë, & les arbres qui s'éclairciſſoient, me faiſoient eſperer de ſortir bien-tôt de la forêt, lorſqu'au détour d'un ſentier que j'avois pris, j'entrevis quatre hommes à cheval, qu'à l'éguillette & à l'uniforme je reconnus pour des Archers ; je frémis de cette apparition ; mais m'étant perſuadé que je n'en avois pas été vû, je tournai les épaules, & je me renfonçai dans le bois, en murmurant contre ma deſtinée, qui de quelque côté que je me tournaſſe, ne m'offroit que des Archers & le gibet. Je m'étois trompé, ces miſerables m'avoient apperçus & étoient à mes trouſſes ; j'eus beau fuïr, ils me ratraperent, & par le plus cruel hazard du monde, je me jettai dans l'endroit où le ſoldat, dont j'ai parlé, étoit encore. Du plus loin qu'il me vit ; il s'écria aux Archers, arrête, arrête, c'eſt un pendu qui avoit été mis à ma garde, & s'étant approché d'eux, les mit au fait de l'histoire qu'il se persuadoit veritable : Ah ! ah ! dit l'un des Archers, il faut que les crimes de cet homme soyent bien grands pour retomber entre nos mains, après en être échapé par un pareil endroit. Le soldat pour ne point paroître coupable de sa negligence, leur dit qu'il m'avoit surpris en descendant de l'arbre, que la corde que j'avois encore au col en étoit une preuve indubitable. Il est vrai que les agitations perpetuelles que je venois d'essuyer, m'avoient fait oublier de me délivrer de cet embarras ; l'apparence étoit si naturelle de ce qui venoit d'être dit, que les Archers n'en douterent aucunement.

Les malheurs aigrissent l'esprit ; les incidens perpetuels qui me survenoient, me mirent la rage dans le cœur ; je résolus quelque chose, qui en dût arriver, de ne point me laisser mettre la main sur le collet, puisque je pouvois me défendre. Je leur criai comme un forcené, que le premier qui branleroit, je leur brûlerois la cervelle; lorsque je m'étois emparé du fusil, la bayonette étoit au bout, je sçavois me servir de ces armes, & ma contenance leur parut si fiere, que pas un d'eux n'osa s'approcher; ils furent quelques tems sans branler; le plus âgé m'adressa la parole, il voulut capituler avec moi, mais je n'étois pas d'humeur à me fier à leurs vaines promesses. Honteux cependant qu'un jeune homme fît la loi à cinq qu'ils étoient, ils firent un mouvement en arriere, tinrent, sans doute, conseil, après quoi mirent pied à terre, attacherent leurs chevaux à des arbres, & entrerent dans le bois.

hors de ma portée, après avoir laissé un des leur à la garde de leurs montures. Je compris que leur dessein étoit de m'attaquer de tous les côtés; la presence d'esprit que j'ai toujours eu dans toutes les occasions, me servit à mon ordinaire. Je cours aux chevaux, d'un coup de fusil, je jette à bas l'Archer qui les garde, de la Bayonette j'éventre trois chevaux, & je me sauve sur le quatriéme à toute bride. Les Archers étonnés de ma prompte expédition, accoururent à toutes jambes, & me tirerent plusieurs coups de mousquetons, mais j'étois deja si éloigné que pas un ne porta : pardieu, m'écriai-je, Messieurs les animaux, me voilà pour cette fois échapé. Mais je n'étois pas encore à bout de mon guignon.

J'arrivai bien-tôt près d'un village : la faim qui me pressoit extraordinairement, ne me laiſſa pas réfléchir ſur le danger que je courois ; je ne ſçavois comment faire cependant pour m'y rafraichir, je n'avois pas le ſol ; & je n'étois pas dans le tems des Romans, où les preux Chevaliers paſſent une dixaine d'années ſans qu'il ſoit queſtion de repas, ou du moins ſans trouver des Seigneurs Chatelains, toujours prêt à les heberger ; ces heureux ſiecles ne ſont plus. Si j'avois été amoureux, peut-être que je n'aurois pas eu ſi faim ; mais pour le coup je n'en pouvois plus, de demander l'aumône, j'y reſſentois une répugnance extrême ; j'avois l'air d'ailleurs d'un veritable coupe-jarrets, & mon cheval excepté, qui étoit fort bien harnaché, j'avois plus l'air d'un bandit, que d'un honnête homme. Figurez-vous, Madame, un homme de dix sept ans avec de grands cheveux blonds, & non peignez depuis le jour de son arrêt, le chapeau retapé, le visage salle, en chemise très-noire & déchirée par tout, à force de m'être traîné par terre. Je fus me presenter à la porte de quelques païsans, ma figure effraya les petits enfans qui étoient devant chez eux, & les portes me furent fermées par tout; voulant du pain à quelque prix que ce fût; je m'arrêtai à une maison, qui par son apparence me la fit prendre pour celle du Curé, j'attachai mon cheval à la porte, & j'entrai, sans façon, dans sa chambre, je le trouvai qui joüoit une partie de triomphe, avec un païsan, qui, sans doute, étoit le plus apparenté du village. Il se leva, fort surpris à ma vûë, ayant deux pistolets sous le bras, que j'avois cru devoir prendre pour prévenir de nouveaux accidens. Je rassûrai M. le Curé, & je lui exposai sincerement le sujet de ma visite : pour le mettre dans mes interêts, je lui dis que j'étois un fils de famille, qui étoit obligé de fuïr pour une affaire d'honneur. Il ne me parut pas trop persuadé, malgré mon air de confiance ; au lieu d'un bon diner, auquel je m'attendois du moins, il me fit un fort mauvais sermon, avec un son de basse taille enrouée, qui me déplut beaucoup. Cependant par pitié, ou pour mieux dire, par la crainte de mes pistolets, il me donna du pain avec du fromage ; lequel, malgré la faim qui me dévoroit, me parut détestable. J'enrageois, vous l'avoüerai je, Madame ? oüi, sans doute, je vous ai promis de ne vous point cacher mes ſottiſes. Je réſolus de me venger de la dureté de cet homme & de ſon peu de charité : je ne m'excuſerai point ſur la miſere, dans laquelle j'étois plongée ; rien ne doit jamais faire oublier à un gentilhomme ce qu'il ſe doit. Je me laiſſai cependant aller à la baſſeſſe la plus grande ; le païſan que j'avois trouvé avec le Curé, prit congé de lui, en lui remettant de l'argent, que je vis reſſerrer dans le tiroir d'une armoire ; je profitai du tems que le Curé fut tirer du vin à une cave qui étoit à côté de ſa chambre, je mis la main dans le tiroir & j'en tirai l'argent. Le Curé rentra, qui ne s'apperçut de rien ; je ne voulus boire qu'un coup, dans la crainte qu'il ne me découvrît ; je le remerciai avec beaucoup plus de timidité, que je n'en avois eu entrant chez lui.

En faveur de ma ſobrieté, qui lui épargnoit ſon vin, il ne me fit qu'une mercuriale legere pendant que je montois à cheval; je ne lui répondis qu'en baiſant la main, & en m'éloignant au grand galop.

Dès que je fus en pleine campagne, je me reprochai l'action que je venois de faire; en comptant mon argent je tremblai; je trouvai dix-ſept livres dix ſols. Quelque beſoin que j'en euſſe, j'aurois voulu de tout mon cœur, dans ce moment, n'en être pas chargé; je fis une ferme réſolution, que jamais pareille choſe ne m'arriveroit; & ayant rencontré un païſan, je m'informai du nom du village, étant bien réſolus que j'acquitterois tôt ou tard ma conſcience & ma délicateſſe, en renvoyant avec uſure, à ce pauvre Curé, ce que je lui avois pris.

Pendant que je faiſois ces réfléxions, j'elevai les yeux, & je vis à la ſortie d'un bois où aboutiſſoit le chemin, un corps de troupes à cheval qui defiloit; j'heſitai ſur le parti que j'avois à prendre dans cette occaſion: ſi je me ſauve, diſois-je, je donnerai de la défiance, & je ne puis manquer d'être repris, je réſolus de payer d'effronterie & de paſſer outre; il n'y avoit pas d'autre chemin que la levée, & il falloit abſolument avancer ou fuïr. Je me rangeai pour laiſſer paſſer le Regiment, (car c'en étoit un qui changeoit de garniſon) je fus extrêmement regardé; perſonne ne me dit mot. Les troupes étant défilée je continuai mon chemin, comptant pour le coup n'avoir plus rien à craindre. Mais il étoit dit que je ne ferois pas un pas, ſans que je fûs troublé par de nouvelles inquietudes. Il parut une autre troupe moins considerable, mais dont la vûë me fit de plus dangereuses impressions, c'etoit encore de miserables Archers. Que faire, comment leur échaper ? cependant arrêté pour arrêté, je trouvai plus à propos de l'être par le corps qui venoit de passer, qui lorsque j'en serois connu, auroit plus d'égard pour moi, que par des malheureux qui ne sont paitri de nulle consideration. Je fis volte face, & je me sauvai à toute bride, dans l'intention, si l'on ne me disoit mot, de passer outre, & d'éviter la honte de me décliner, chose que je craignois, avec raison, à cause de ma premiere affaire. Je ne fus pas assez heureux pour qu'on se prétât à mes desirs ; les Archers étoient à mes trousses, & crioient qu'on me retînt; on me barra le passage, le cheval que je montois & son harnachement uniforme me firent soupçonner, & me mirent dans le cas de subir une violente interrogatoire. Le Chef des Archers arrivé, vouloit commencer par me mettre les fers, mais m'étant dit Officier, & ayant demandé à parler au Commandant du Régiment, on ne put me refuser. Je lui comptai mon histoire en particulier, en lui dérobant les circonstances de mon premier arrêt, & en le rejettant sur d'autres causes. Il ne me répondit rien, & se contenta de faire apeller les Archers: mes enfans, leur dit il, cet homme n'est pas tel que vous pensez, c'est un déserteur du Régiment, c'est notre affaire; vous n'avez qu'à reprendre votre cheval, on va commander une garde pour le conduire au premier séjour ; je me charge du reste. Les Archers voulurent répliquer; mais le Lieutenant Colonel, qui étoit ami de feu mon pere, & dont le ton étoit ferme, leur imposa silence. Ils s'en retournerent avec le cheval, après avoir vû commander un détachement, au milieu duquel on me mit, avec ordre, de me mettre en prison à la Ville, où l'on alloit coucher.

Je m'étois flatté que le prétexte dont s'étoit servi le Commandant n'avoit été imaginé, que pour me tirer des mains des Archers, & qu'après leur départ on me mettroit en liberté ; mais dès que je me vis emmener sans qu'on me parlât de rien, je crus, comme il étoit vrai, que le Commandant étoit instruit des ordres de la Cour à mon sujet, & que j'allois être remis entre des mains, qui ne me laisseroient pas échaper une seconde fois. Je me crus alors perdu, & mon abbattement fut extrême; nous arrivâmes, trois heures après, à une petite ville, dans laquelle au lieu de me mettre en prison, on me fit entrer dans l'auberge où devoit descendre le Commandant. L'Officier qui m'avoit conduit, m'ayant fait entrer dans une chambre, me dit, qu'il avoit ordre du Lieutenant Colonel, de me prier de l'attendre, & de n'avoir aucune inquietude. Ce discours me rassura beaucoup: on me fit allumer du feu, & l'on m'apporta de quoi me rafraichir; je le fis avec grand plaisir, car j'en avois un besoin extrême. Une demi-heure après le Régiment arriva, après que le Commandant eût rempli ses devoirs, il monta dans ma chambre : Avoüez, me dit-il, que vous avez eu bien peur ; j'en ſuis fâché, mais je ne pouvois vous rendre un plus grand ſervice, que celui de me ſervir du biais que j'ai pris, pour vous arracher à ces miſerables. Vous m'avez cachez votre affaire, vous avez cru le devoir, vous avez eu tort ; entre gens du même mêtier, & du même ton, on s'épaule ; d'ailleurs je n'ai point d'ordres formels contre vous. Que vous ſoyez coupable ou non, je ne m'en mêle pas, je connois fort Monſieur votre pere, il m'a rendu ſervice, & je ſuis charmé de trouver cette occaſion, pour lui marquer que je ſuis ſon ſerviteur. Voilà dix piſtoles pour faire votre voyage, mon Valet-de-chambre vous tiendra un cheval prêt, & vous donnera un habit. Je vous conſeille de ne pas perdre un moment de retourner chez vous, vous n'en êtes qu'à quatre lieuës. Voilà tout ce que je puis faire, en vous priant cependant de ne vous en jamais venter, ayant ma réponſe prête, ſi les Archers vous réclament. Je le remerciai, comme je le devois de tous ſes bons offices ; je ne voulus point accepter ſon argent ni ſon cheval; j'en pris un de loüage, & le reſte fut exécuté, ſelon qu'on en étoit convenu.

De même que les malheurs ne viennent jamais ſeuls ; auſſi lorſque la fortune commence à vous ſourire, il eſt rare qu'elle s'en tienne là. J'arrivai la même nuit chez mon pere, ſans avoir fait aucunes facheuſes rencontres. Il fut charmé, auſſi-bien que le reſte de ma famille, de me revoir; il étoit de retour depuis deux

deux jours, & je ne fus pas peu surpris des nouvelles interessantes qu'il m'apprit.

Isaac, ce malheureux Juif, qui m'avoit si cruellement trompé, s'étoit coupé dans un second interrogatoire ; ajoutez à cela qu'on avoit surpris une lettre qui lui étoit adressée, par laquelle on soupçonnoit fortement, qu'il avoit des relations qui se prouvoient plus aisément, que celles qu'on m'avoit imputées. Cet indice violent le fit mettre à la question, les tourmens lui firent tout avoüer ; & l'on sçut qu'il étoit un espion : sa déclaration fit ma décharge ; & la Cour, qui ne sçavoit point encore que je m'étois sauvé, envoya ordre de m'élargir.

Je vous avoue, Madame, que ces nouvelles me tranquilliserent beaucoup ; moins de fortune, & plus de repos. Heureux ceux qui n'ont point d'affaire. Je n'avois pas eu un moment de tranquillité, depuis le moment que j'avois été soupçonné : je me souviendrai toute ma vie de cette histoire, non-seulement par toutes les peines qu'elle m'a occasionné, mais par les suites cruelles qu'elle eut. Les mouvemens que s'étoit donné mon pere, joints à la frayeur qu'il avoit eu de me perdre, lui causerent une pleuresie dont il ne put échaper, malgré tous les remedes qu'on lui fit, & ausquels son âge ne put resister. Il mourut quinze jours après mon arrivée : j'en fus inconsolable, & après lui avoir rendu les derniers devoirs, je compris par le détail dans lequel on entra de ses affaires, que je n'avois aucune esperance de fortune. La paix s'étant faite quelque tems après, me trouvant Officier reformé, & n'ayant pas de quoi servir *gratis*; je pris le parti de quitter ma famille, & d'aller chercher à Paris les moyens de me tirer d'affaire.

La nuit du jour de mon départ, il m'arriva, Madame, ce que j'ai eu l'honneur de vous raporter, & qui m'a attaché à vous pour le reste de mes jours.

Vous m'aviez dit, Marquis, me dit la belle Dame, lorsque j'eus finis, que vos avantures étoient trop peu interessantes, pour mériter de m'en faire part: il est vrai que la plûpart des évenemens sont sinistres, mais ils n'en sont pas moins singuliers; je sens bien qu'il vous en a couté, pour me les compter avec la sincerité dont il me semble que vous avez usé; & qu'on voit peu d'hommes, à votre âge, qui en si peu de tems, ait tant de fois couru risque de sa vie; j'en ai des preuves bien convaincantes par devers moi. Ah! Madame, interrompis-je, les bontés que vous avez, de vouloir bien vous en ressouvenir, sont au-dessus de tout ce que je pourrai jamais faire; & supposé que vous me soyez redevable, j'en suis assûrément payé bien genereusement, par l'honneur que vous me faites de me souffrir. Ah! je me doutois bien, reprit la Marquise, que vous n'échaperiez pas cette occasion, pour me dire une galanterie. Restons-en là, s'il vous plaît, vous avez été malheureux, je ne suis pas fortunée, il faut esperer qu'à la fin le sort changera en notre faveur.

Nous fîmes ce jour vingt-cinq lieuës sans nous arrêter, & étant arrivé à V. S. nous descendîmes à l'Aigle d'or, fameux Cabaret : j'obligeai la Marquise à se coucher, & l'on apporta à souper près de son lit ; j'égayai la conversation autant que je la pus, & quoique je fusse moi-même très-las, je me contraignit de façon qu'elle ne put s'en appercevoir ; je me retirai cependant de bonne heure, & dès que je fus dans ma chambre je me mis au lit.

Il y avoit environ trois heures que je dormois, lorsque je fus réveillé, par quelqu'un qui me tira le bras, qui étoit couché à côté de moi ; je me jettai à bas de mon lit fort effrayé, & je sottai à mes pistolets, qui selon ma coutume, étoient sur ma table ; j'ouvris ensuite la porte, en criant au voleur de toute ma force : on vint bientôt à moi, je me saisis d'une lumiere, qu'une servante porroit, & je fus au lit le pistolet à la main. J'avoüerai, naturellement, que je laissai tomber mes armes, à la vûë du monstre qui y étoit, & qui s'étoit fouré sous la couverture à mon approche. C'étoit une fille de la maison, à qui les caprices de la grossesse de sa mere, avoient formé le visage précisément comme celui d'une tête de mort. L'hôtesse qui étoit accouruë comme les autres, & qui vit de quoi il s'agissoit, me demanda mille pardons de ce que sa fille avoit troublé mon repos; elle me dit, en s'approchant de mon oreille, en pleurant, que cette infortunée, outre le malheur qu'elle avoit d'être si monstrueuse, avoit des visions, & qu'elle se relevoit souvent la nuit en dormant. Que six mois auparavant elle étoit descenduë à l'écurie, &

qu'y ayant trouvé le cheval d'un Officier, elle étoit montée dessus en chemise, & qu'ayant traversé les campagnes, elle avoit rencontré le Convoi de M. le Marquis de... qu'on alloit inhumer à sa Terre, qu'elle l'avoit suivi assez longtems sans qu'on s'en apperçût, à cause de l'obscurité ; mais que l'aurore ayant paru, elle avoit fait une si grande frayeur aux Prêtres, qui accompagnoient le corps, qu'ils s'étoient tous sauvés, en faisant de grands signes de croix ; que cependant la noctambule, se trouvant fatiguée, étoit entrée dans le carrosse mortuaire, où elle avoit continué son sommeil ; & que quelque tems après, les Prêtres & la suite du mort étant revenus, ceux qui étoient préposés pour la garde du cadavre, étant entrés dans la voiture, & y voyant ma malheureuse fille, avoient jetté de si grands cris d'effroi, qu'elle s'en étoit réveillée en sursaut ; & que honteuse de se voir ainsi presque nuë, à la vûë de tant de gens, elle s'étoit sauvée de toutes ses forces. Enfin que cette avanture avoit donné lieu au bruit qui avoit couru, que M. le Marquis de... avoit un esprit familier, qui ne l'avoit pas voulu quitter, jusqu'à ce qu'il fût inhumé.

Je trouvai cette histoire singuliere, & encore plus étrange, qu'on ne tint pas de plus court un pareil spectre : j'avouerai que sa vilaine réminiscence a tenuë long-tems en respect mon imagination. Je ne voulus pas me recoucher, & je descendis, malgré le froid, dans un jardin, où je fis cent réfléxions sur la situation présente de mes affaires. Ma raiſon me reprocha avec énergie, le goût que j'avois pour la Marquiſe ; à quoi pouvoit-il aboutir, qu'à déranger les projets de ma fortune ? Dans ce tems j'avois, il me ſemble, plus d'empire ſur mes paſſions qu'aujourd'hui, où moins habitué au vice je m'en éloignois plus aiſément ; quoiqu'il en ſoit, je fis un ferme propos, dès que je ſerois à Paris, & que la Marquiſe ſeroit entrée dans un Couvent où elle devoit ſe mettre, de vacquer entierement à mes affaires, & de ne négliger aucunes des occaſions qui pourroient contribuer à mon avancement.

J'avois devant les yeux un exemple recent, qui me prouvoit combien les femmes, & la mauvaiſe conduite font tort à la fortune. C'étoit un jeune homme de chez moi, qui me le fournissoit, il s'apelloit d'Estival, étoit grand & bienfait ; la politesse & l'esprit qu'il avoit, le faisoient desirer de tout le monde ; il étoit fort insinuant, & lorsque l'entrée d'une maison lui étoit procurée, il n'étoit pas longtems sans qu'il en devînt le maître absolu. Une avanture galante, dans le lieu de sa naissance, avoit élevé son ambition à l'âge de dix-sept ans. Il avoit trouvé le secret de ruiner la femme d'un Conseiller au Parlement, qui s'étoit éprise de sa figure ; elle avoit commencé par lui donner le cœur. L'on dit, que sitôt que l'on est maître de ce bijoux, il entraîne après lui la possession des biens qui y sont attachés ; quoi qu'il en soit, jeune, & peu riche, aimant l'ajustement ; cette Dame fit de son mieux pour qu'il n'eût rien à souhaiter. Un desir n'est pas ſitôt rempli qu'il eſt bien-tôt ſuivi d'un autre ; d'Eſtival en forma de tant de ſortes, que la Dame s'apperçut, mais tard, que ſon trop de complaiſance l'avoit ruinée. L'eſpoir, qu'après avoir tant fait pour lui, il la dédommageroit par ſa fidélité & ſes bonnes façons, fut ce qui la conſola ; mais peut-on compter ſur une pareille chimere aujourd'hui ? les hommes ſont-ils faits pour la reconnoiſſance ? D'Eſtival accoutumé à être à ſon aiſe, ne vit pas plûtôt qu'il alloit déchoir, qu'il réſolut de ſe pourvoir ailleurs. Sa vanité lui ſuggera qu'il ne ſeroit pas plûtôt à Paris, que ſon merite lui fonderoit des rentes conſiderables. Mais il ſe trompa, la Conſeillere l'avoit gâté ; il tomba bien-tôt dans une miſere affreuſe ; trois mois ſuffirent pour le réduire à cette extrémité, & il fut obligé de vendre juſqu'à ſa derniere chemiſe pour y ſubſiſter.

Cet état malheureux lui fut pour le coup utile, il lui rendit cette ſoupleſſe, que l'abondance lui avoit ôté. Il ſongea ſérieuſement à ſa fortune, & s'attacha à un Seigneur qui prit du gout pour lui; ſes talens & ſa complaiſance lui ſervirent au point qu'il fut bien-tôt admis dans les parties d'un Prince très-puiſſant & très-aimable. Il ſe reſſentit d'abord de ſes faveurs, en devenant un de ſes Gentilshommes, avec des appointemens & du crédit ſur ſon eſprit. Avant deux ans, d'Eſtival vint au point de ſe flatter d'avoir un Régiment; mais le gout qu'il avoit pour les femmes lui fut encore malheureux. Fatale paſſion! ſeras-tu toujours la ſource de tous nos deſordres. D'Eſtival ne put réſiſter aux attraits de Mademoiſelle de Bailliveux ; cette aimable perſonne avoit une mere, comme toutes les filles en devroient ſouhaiter, point complaiſante, ennemie des fauſſes douceurs des amans, impitoyable, argus pour veiller à leurs actions.

Les obſtacles que d'Eſtival trouva au commencement de ſa paſſion, bien loin de le rebuter, ne firent qu'augmenter ſes deſirs. Les ſoins qu'il ſe donna pour remplir ſes deſſeins, le rendirent moins aſſidu à ſon devoir. Mais Madame de Bailliveux, s'étant apperçuë de cette pourſuite, prit des meſures ſi juſtes, qu'elle lui ôta toutes les occaſions de parler à ſa fille. Le Cavalier en fut au déſeſpoir, ſes yeux avoient rencontrés ſouvent ceux de ſa Maîtreſſe. Ils ne lui avoient point parus armés de rigueur, & il réſolut, à quelque prix que ce fût, de trouver une occaſion favorable. Enfin ſous la forme d'un oublieux, il s'inſinua dans la maiſon de Madame de Bailiiveux. Il trouva le ſecret de divertir ſa livrée, il tournoit le plat, le pied dans l'eau, & leur chantoit des chanſons ſi plaiſantes, que les femmes de Madame furent bien-tôt mandées pour prendre part au divertiſſement; Mademoiſelle qu'on avertit de la comedie, & qui dans la gêne cruelle où on la retenoit, venoit quelquefois rire des colibets de la cuiſine, étant averti du régal qui s'y donnoit, deſcendit avec Agnés, qui ne l'étoit que de nom (Suivante favorite) L'Oublieux qui s'étoit attendu à cette viſite, (car les amans se flattent toujours) redoubla de plaisanterie & de bons mots; & fut assez heureux, en faisant des tours ausquels il donnoit le ton qu'il vouloit, de glisser une lettre dans la main de Mademoiselle de Bailliveux; elle en rougit, mais elle la garda : d'Estival satisfait d'avoir si bien réüssi se retira, & fonda sur son billet, les suites les plus flatteuses.

Pendant qu'il faisoit ainsi l'amour, un rival d'ambition profitoit du tems qu'il employoit si mal; il prit sa place dans la confiance du Prince; d'Estival ne fut pas le dernier à s'en appercevoir; mais son amour qui commençoit à réüssir le consola aisément de cette perte; il se promit que, s'il étoit assez heureux de porter sa maîtresse à l'épouser secrettement, cet hymen lui tiendroit lieu de tout. Et que le Prince, qui l'avoit aimé, ne lui refuseroit pas en cette consideration, d'obtenir pour lui le consentement de la mere.

Cependant un événement facheux renversa tous les projets: Madame de Bailliveux surprit une lettre que sa fille écrivoit à d'Estival: & lui fit connoître que malgré la vigilance d'une mere & d'un mari, une femme adroite trouve toujours les secrets de les tromper. Elle jetta feu & flamme, & sa colere fut terminée par un Cloître, dans lequel elle renferma sa fille. D'Estival en fut inconsolable; il fit les derniers efforts pour sçavoir le nom du Couvent. L'adroite mere qui s'en étoit doutée, avoit pris des précautions si justes, qu'il étoit impossible que son secret fût évanté. Une seule femme-de-chambre âgée, & de confiance,

en

en étoit la dépositaire. D'Estival avoit trop d'usage du monde, (car l'esprit en fait toujours acquerir) pour ne pas se persuader qu'avec de l'argent, il viendroit à bout de son dessein. Il en falloit beaucoup pour gagner cette Suivante, & il en étoit très-peu fourni. Il eut recours à sa garde-robe qu'il vendit; & s'étant presenté avec cinquante Loüis à cette fille, il arracha le secret, sous condition de n'en point faire un mauvais usage. Il fit comme bien d'autres, il acheta son malheur.

Dès qu'il sçut le nom du Couvent, qui étoit à quatre lieuës de Paris, il y fut dès le même jour. Il falloit qu'il n'eût pas lû les Romans; il auroit appris que dans ces sortes d'occasions, il faut gagner un Jardinier, que sous le nom d'un garçon de cette profession, on s'introduit dans l'interieur de la maison, & que sous pretexte de racler des allées, ou d'avoir soin d'un parterre, on trouve le moment de voir une Maîtresse qui se trouve toujours à point nommé, & dont la compagne innocente s'amuse à faire des guirlandes, ou qui a quelques raisons de bouder. D'Estival, sans prendre ces précautions, escalada la muraille, & muni de pain dans ses poches, ou d'autres vivres, qui ne sont pas venus à ma connoissance, il résolut de se cacher dans quelques coins, & d'épier le moment favorable, où il pourroit rencontrer sa Maîtresse, il fut assez heureux pour ne pas se casser le col cette fois, & le hazard le conduisit dans un coridor, où ayant trouvé une porte entre-ouverte, il entra dans un petit cabinet dont il poussa la porte sur lui ; la nuit qu'il faisoit ne lui permit pas, sans doute, de reconnoître à quel usage il étoit destiné ; il entrevit plusieurs fois des lumieres qui alloient & venoient, son œil curieux ne lui fit appercevoir que des visages voilés ; il ne s'attendoit pas qu'on viendroit lui rendre visite dans sa cachette. Une vieille None, plus décrepite que Saturne aux joües pendantes & barbuës, poussa la porte du cabinet & entra ; d'Estival se mit derriere, & la vieille ayant mis sa bougie dans un endroit propre à cet usage, découvrit des lieux sur lesquels elle avoit sans doute intention de se mettre. Un malheureux éternument qui prit au cavalier, occasionné apparemment, par des raisons aisées à imaginer, fit sauter trois fois de frayeur la

Beguine, la bougie fut renversée de sa manche, & s'éteignit. La pauvre Religieuse qui crut que c'étoit Satan, ou du moins un esprit, se mit à crier à l'aide de toutes ses forces. Ces lieux aboutissoient au dortoir, & bien-tôt toutes celles qui y étoient, accoururent; parmi elles, se trouva Mademoisel-le de Bailliveux. D'Estival dans l'inquietude où cette avanture le mettoit, & qui comme les jeunes gens, ne pensent au péril que lorsqu'il est présent; étourdi de voir arriver tant de lumieres & de monde, & connoissant qu'il étoit perdu s'il étoit découvert, sortit sans aucun ménagement du cabinet. Au lieu de repasser par l'escalier par lequel il y étoit venu, il enfila le dortoir précipitamment, renversa plusieurs Religieuses qui se trouverent à son passage. Mais ayant reconnu Mademoiselle de Bailliveux qui se sauvoit comme les autres, il ne put résister au desir de se jetter à ses pieds ; elle jetta un cris de joie ou de frayeur qu'elle accompagna, d'un : mais Monsieur, vous voulez donc me perdre, sauvez-vous au plus vîte qu'on ne vous reconnoisse pas. D'Estival profita de l'avis, & rencontrant un autre escalier qui aboutissoit au jardin ; il le descendit & regagna la muraille, par laquelle il étoit descendu ; il étoit à moitié remonté, lorsque le crochet qui arrêtoit la corde ayant manqué, il tomba, & pour comble de bonheur se cassa une jambe. Il maudit, peut-être dans l'interieur, le scelerat amour : je dis peut-être, parce que je ne veux point ressembler à ceux, qui nous contant la vie de ces Héros, rapportent des *a parte* secrets qu'ils n'ont jamais pû sçavoir; ou leur font tenir des dis-je en moi-même, qu'ils n'ont jamais dû penser. Quoiqu'il en soit, les plaintes que fit d'Estival sont aisées à imaginer; l'amour ne console point d'une jambe cassée; la rhumeur que son incartade avoit fait dans ce paisible Couvent, s'augmentoit de plus en plus; les cloches en étoient sonnées, & jusqu'au Directeur tout parut. Le Minime trouva le cas verreux, & ne parla pas moins que de la corde; on fit transporter d'Estival dans le dehors. Enfin cette équipée pensa lui couter la vie de deux côtés, outre qu'il eut mille peines à échaper de sa rupture. Sans le Prince, qui pour le coup lui fut utile, & le fit enlever nuitamment, son procès lui étoit fait; il poussa ses bontés jusqu'à lui faire obtenir sa grace ; mais il le démit de la qualité qu'il avoit près de sa Personne ; & pour comble d'infortune, il eut le chagrin de voir marier sa Maîtresse, peu de tems après, à un homme qui n'étoit pas plus que lui, mais que la richesse rendoit plus recommandable. Le chagrin qu'il eut de toutes ces choses, lui fit quitter Paris en désesperé ; il fut aux Indes, où il croyoit réparer ses malheurs, par la fortune qu'il y prétendoit faire ; mais avec rien que peut-on ? Il y languit pendant plusieurs années, & l'air du païs ne lui étant pas favorable, il y mourut de misere & d'ennui.

La situation d'esprit où j'étois me rappella plusieurs exemples semblables, dont je ne pus m'empêcher de tirer des conséquences. Cette rêverie me mena jusqu'à près le Soleil levé : m'en étant apperçu, je rentrai dans l'hôtellerie avec un fond de chagrin si marqué, que dès que la Marquise me vit elle y fit attention. Elle crut que l'avanture de la nuit étoit la cause de mon émotion, & elle chercha à la calmer par des discours flatteurs ; mes vains projets s'évanoüirent. Hélas ! qu'on est foible près de ce sexe charmant : ses beaux yeux, dans un instant, reprirent un tel empire sur mon cœur, que je lui eusse sacrifié vingt fortunes, plûtôt que de me priver de les voir. Le dérangement d'une toillette précipitée, acheva de me tourner la cervelle, & ne me conserva de la raison, que pour me faire connoître, que ma passion étoit montée à son dernier dégré.

La chaise étant prête nous partîmes ; nous devions arriver

à

à Paris le même jour, & notre entretien roula naturellement sur ce que nous devions faire : la belle Marquise me fit part de tous ses projets, & m'assura dans ces précieux momens, que si elle n'avoit point un mari, j'occuperois la premiere place dans son cœur ; mais que dans les circonstances épineuses où elle se trouvoit, elle comptoit trop sur mon amitié, & sur ma façon de penser, pour ne lui pas sacrifier le goût que je marquois pour la voir. J'insistai beaucoup pour ne la point perdre de vûë ; je fis valoir en politique les dangers qu'elle couroit, ayant été la premiere à me depeindre le caractere violent de son mari ; elle me dit, qu'elle me rendroit réponse le lendemain. Je ne pouvois souffrir de doute sur cet article, & je lui peignois avec un air si attendri, l'état cruel où elle me réduiroit, si je ne joüissois plus de son aimable présence; mes larmes étoient si bien d'accord avec mes expressions, que je prévoyois à la langueur de ses yeux, qu'elle alloit consentir à ce que je lui demandois, lorsque deux hommes parurent à l'ouverture de la chaise le pistolet à la main. La Marquise qui reconnut son époux, jetta un cri & tomba en foiblesse. Pour moi, qui n'avoit point prévû cet accident, je me trouvai hors d'état de la secourir, & je ne pus que demander de quoi il étoit question: je ne vous crois pas assez malhonnête homme, dis-je, en portant la parole à M. de P... qui m'appuyoit un de ses pistolets sur le cœur, pour profiter de vos avantages, souffrez que je me mette en état de défense;

& si c'est à moi que vous en voulez, pour vous rendre raison des chefs injustes dont vous me soupçonnez, je vous donnerai toute la satisfaction convenable. Pendant que je disois ces mots, cette présence d'esprit dont j'ai parlé, ne m'abandonna pas dans cette occasion violente : j'avois passé adroitement une main dans mes poches, & je parus subitement armé ; mon imprudence sembla me réüssir ; M. de P... à cette apparution imprévûë, recula de deux pas, & moi je sautai de la chaise à terre. Mais quelle fut ma surprise ! de la voir environnée de quatre autres hommes ; je pâlis : passez, Monsieur, passez, me dit le mari de la Marquise, je suis persuadé de votre valeur étourdie, mais vous voyez que la partie n'est pas égale ; il ne tiendroit qu'à moi de vous faire donner les étrivieres, c'est ce que vous méritez, mais votre jeunesse me fait pitié; allez & ne vous présentez jamais devant moi. Je n'avois point d'autre parti à prendre, je me retirai outré de ce discours, & furieux de n'avoir point prévenu cet accident, je fus le malheureux témoin de l'enlevement de ma belle Marquise. Le mari prit ma place, & sa troupe s'éloigna au grand galop. Je ne dépeindrai point la situation où je me trouvai, ni les mouvemens dont je fus agité, ce sont de ces états trop confondus de passions pour être rendus dans le vrai. Je suivis d'abord à toute jambe la chaise, un moment après je m'arrêtai, je pleurai, & puis je parlai seul, en étendant les bras, & en adressant la parole à la Marquise: tant que je vis la voiture je continuai lès mêmes clameurs ; mais la perdant de vûë, le désespoir agit, & voulut me donner la mort. Ce sentiment ne dura que le tems du desir ; enfin je continuai à marcher jusqu'à la premiere poste, où j'arrivai les yeux égarés, j'y demandai des chevaux avec un ton si entre-coupé, qu'on crut à mon air que je venois de faire un mauvais coup, ils me furent refusés, mais ayant affaire heureusement, à un homme craintif & timide, je mis le pistolet à la main, & je me fis obéïr avec hauteur. Dès que je fus seul avec le Postillon, je lui donnai une pistole, afin de l'engager à me mener bon train. Je fus servis à merveille, l'interêt ayant un si grand empire sur ces sortes de gens, qu'ils laisseroient crever les chevaux de leur Maître, pour un benefice moins considerable. J'arrivai bien tôt dans un petit village où je m'arrêtai ; le Postillon prévenu par ma générosité, m'apprit qu'il avoit été soldat dans le Regiment de Champagne. Le dessein que je formai me fit mettre pied à terre au premier cabaret, où je le fis boire, en lui exposant mon projet. Il étoit hardi, il ne s'agissoit pas moins que d'arracher la Marquise des bras de son époux. Je supposai dans l'histoire que je lui fis, pour le mettre dans mes interêts, une sœur enlevée par des gens que notre seule présence intimideroit, & feroit sauver pour peu que nous fussions accompagnés. Je lui dis, que s'il me trouvoit deux braves garçons comme lui, que je leur donnerois à chacun un Loüis, & que je les défrayerois. Il m'assura qu'il avoit trois camarades au village dans lequel nous allions passer, sur lesquels je pouvois faire fond, comme sur lui, mais qu'il exigeoit plus que la récompense que je lui promettois, qu'il étoit las de son métier, & qu'il avoit toujours desiré de servir un bon Maître; que lui paroissant tel, il me prioit de lui permettre de me suivre après m'avoir donné des marques de son courage & de son zele, & que cette assûrance le tranquilliseroit, craignant, avec raison, que le service qu'il m'alloit rendre, ne le fît reprendre de la Justice. Sa demande lui fut accordée, j'en aurois fait bien d'avantage pour venir à bout de mon dessein. Il prit les devants, & conduisit si bien cette affaire, que je trouvai mon monde tout prêt à la sortie du second village. Je fremis cependant en les voyant, comme il arrive toutes les fois que je vois des Archers, car ces camarades dont il m'avoit parlé l'étoient, & je n'en étois pas prévenu, mais pour ce coup ceux-ci me furent utiles. Tant il est vrai que ce qui nous nuit dans de certaines occasions, nous est quelquefois favorable dans d'autres. Duplexis (c'étoit le nom du postillon) avoit prévenu si favorablement ces Messieurs sur mon compte, & avoit si bien fait valoir le nom de sœur & de rapt, en leur faisant entendre qu'ils ne risquoient rien, & que jamais de leur vie course ne leur seroit payée si chere, qu'ils me promirent qu'avant peu je serois satisfait. J'avoüe que dans ce moment, je ressentis un double plaisir, celui de rendre à une femme, que j'adorois, le service le plus important, &

de mortifier un homme qui m'avoit si cruellement humilié. Nous courûmes à toute bride, & ne démentant point notre marche nous entrevîmes la chaise au bout d'une heure. Je voulois redoubler notre course, mais Duplexis plus prudent que moi, me dit qu'il falloit se donner garde d'être vû, & que pour ne point manquer le coup, il étoit necessaire de prendre un autre tour, que nous n'avions qu'à le suivre, & que je me trouverois bien de son avis.

Nous entrâmes dans une forêt que nous avions sur la gauche, & par des chemins de traverse, Duplexis nous conduisit au bout d'une heure dans une autre. J'enrageois d'avoir perdu de vûë la chaise, & je jurois entre cuir & chair, de la sotte complaisance que j'avois eu. Mon Postillon, qui avoit toujours les yeux sur moi, s'appercevant de mon mécontentement: patience, me dit-il, Monsieur, nous reculons pour mieux sauter; je vous les garantis pris comme des rats. Ce valet avoit raison, la forêt de Bondy dans laquelle nous étions, étoit le seul chemin par lequel la chaise pouvoit passer. Il nous fit arrêter entre des arbres, en nous assûrant que nous devions avoir au moins une demi-heure sur les ravisseurs, ayant abregé de plus d'une lieuë par les traverses. après m'avoir ainsi rassûré, il nous dit qu'il alloit au devant d'eux, & qu'il reviendroit à toutes brides nous avertir. Il passa entre les arbres, la nuit commençoit à tomber, mais il reparut bien-tôt; & dès qu'il fut près de nous: les voilà, dit-il, je viens d'entendre rouler la chaise; partagez-vous, & gagnons les deux côtés du chemin; Monsieur s'avancera le premier pour les reconnoître, & leur parlera crainte du *qui proquo*, au moindre signal nous serons à lui. Je m'avançai seul au milieu du chemin, & voyant malgré l'obscurité, la chaise: Je l'attendis de pied ferme: alte là, m'écriai-je au Postillon, & présentant en croix mes deux pistolets: à bas, continuai-je, M. de P... ou vous êtes mort. A ces cris les quatre hommes, qui suivoient la chaise, & qui étoient un peu écartés, arriverent au grand galop le pistolet à la main: à moi, m'écriai-je à mes gens, empêchez qu'ils n'approchent, faites feu si l'on vous resiste, c'est assez de moi pour le reste. L'escorte de M. de P... qui n'étoit, sans doute, composée que de valets ou de gens craintifs, ayant entendu au ton, & à la façon dont l'ordre fut exécuté, qu'ils avoient affaire à des gens pour le moins aussi méchans qu'eux, tournerent le dos, s'éloignerent au grand galop, & laisserent à leur Maître le soin de démêler la fusée.

Cependant le Marquis qui ne m'avoit pas, sans doute, reconnu à ma voix, nous prit pour des voleurs; Il tira sa bourse & me la présenta, en m'assurant que c'étoit tout ce qu'il avoit: ce n'est point à votre argent que j'en veux, Monsieur, lui dis-je, vous vous méprenez, mais à un bien dont vous ne connoissez point le prix, que je veux sauver de vos fureurs dont j'ai été déja deux fois témoin; & malgré vous, vous le conserver. Je vais conduire Madame dans un Couvent, je n'ai point d'autre intention, je vous en donne ma parole d'honneur; vous ſerez après le maître de faire tout ce qu'il vous plaira, je ne m'en mêlerai plus. M. de P... m'ayant reconnu à ce diſcours, concevant aiſément qu'il n'y avoit aucun danger pour lui, voulut faire le méchant: à bas, lui dis-je une ſeconde fois, d'un ton plus violent, ou je me ſervirai de mes avantages pour vous y forcer. Pardieu, s'écria le Marquis, cet homme eſt un diable, & bien acharné à me ravir ma femme. Point tant de raiſonnemens, Monſieur, continuai-je, vous me remercierai de ce que je fais aujourd'hui. Un mouvement que fit le Marquis, me fit craindre ſon déſeſpoir contre ſa femme, je ſautai à bas, & montant ſur la chaiſe, je l'obligeai, le piſtolet ſur la gorge, d'en ſortir. Il le fit en murmurant, & l'ayant deſarmé, j'ordonnai au Poſtillon de marcher, & je remontai à cheval. Je me fis accompagner de mes gens, afin de ne lui pas donner envie de me rendre la pareille. Je l'entendis, un moment après que nous fûmes éloignés, crier après ſes gens. Je m'approchai enſuite de la chaiſe, & je demandai à la Marquiſe l'état où elle ſe trouvoit; ſa femme-de-chambre me répondit, qu'elle étoit ſi ſaiſie qu'elle ne pouvoit parler; que ſon mari en entrant dans la chaiſe, l'avoit menacée qu'elle ne paſſeroit pas la journée; & qu'elle, pour avoir voulu interceder pour ſa Maîtreſſe, avoit été ſi maltraitée de coup, qu'elle avoit été plus d'une heure, ſans en pouvoir revenir. J'aſſurai la Marquiſe, qu'elle n'avoit plus rien à craindre;

elle soupira, me tendit la main, & ne répondit rien.

Dès que nous fûmes hors de la forêt, je satisfis mes braves gens, fort au-delà de ce que je leur avois promis; Duplexis rendit nos chevaux & monta derriere la chaise. J'exigeai de ses camarades, de prendre un chemin different pour s'en retourner, afin d'ôter la connoissance de M. de P... que nous étions sans défense; n'ayant plus rien à craindre de lui, tant parce que nous étions aux portes de Paris, que par l'opinion où il étoit que nous étions bien accompagnez.

Je donnai au Postillon qui nous menoit, une pistole avant d'arriver à la premiere poste, afin qu'il ne parlât pas de ce qui s'étoit passé, cette liberalité lui fit tenir parole. Nous changeâmes de chevaux; la Marquise étoit entierement revenue de sa frayeur dès que je fus près d'elle. Je lui proposai de descendre & de prendre quelque chose ; la proposition seule l'éfraya : non, non, s'écria-t'elle, allons, & donnez au Postillon tout ce qu'il voudra, afin qu'il nous mene le plus grand train. Je tremble ; je crois à tout moment revoir M. de P.... Ne craignez rien, continuai-je, Madame, en me remettant près d'elle, vous êtes pour le coup en sûreté, je vous en répond sur ma tête. Ah! Marquis, s'écria-t'elle, lorsque nous fûmes hors du Village, pourquoi me forcez-vous, par tant de services, à vous avoüer, que vous êtes de tous les hommes, celui qui me sera à jamais le plus cher. Je fus transporté de cet aveu, & je sentis un je ne sçai quoi, qui s'empara de mon ame; mes mains pressées

pressées par les plus belles du monde, ses yeux où la reconnoissance... Ah ! qu'on est fou quand on aime, je n'ai jamais de ma vie, ressentis rien de plus flatteur.

Nous arrivâmes à huit heures à Paris, je satisfis le Postillon, & par le conseil de la Marquise, nous prîmes un carrosse, dans lequel nous nous jettâmes, elle lui ordonna de nous conduire dans la rue de Seine, Fauxbourg S. Germain, à un fameux hôtel, où logeoient dans ce tems, les étrangers. Malgré mon amour, j'ouvris de grands yeux. Ce bruit perpetuel de carrosses, cette foule d'habitans, me prouvoient une partie de ce qu'on m'avoit dit de Paris ; je croyois ne jamais arriver à l'hôtel dite. La Marquise me tira de mon étonnement, pour me demander, sous quel nom nous y devions paroître ; sous le mien, si vous le voulez, Madame, lui répondis-je, il est un peu connu, & vous n'aurez sûrement rien à craindre de M. de P... Cette Ville est si grande qu'il ne sera pas possible, avec cette précaution, qu'il nous déterre. Je ne m'y fierai cependant, que de la bonne sorte, continua la Marquise en descendant de carrosse. L'on nous demanda, de quelle maniere nous voulions être traitez, au mieux, leur dis-je. A Paris, comme ailleurs, cela veut tout dire. On nous conduisit dans un appartement superbe, le lit de la Marquise fut fait, on alluma bon feu, ensuite je la laissai coucher, l'on mit la table près d'elle, où nous tachâmes d'oublier les assauts que nous avions eu à soûtenir pendant le cours du voyage.

La Marquise me renouvella

encore ses remercimens; je l'assûrai que le seul desir de tenter de l'arracher des bras de son mari, m'avoit empêché de me faire casser la tête à la premiere occasion. Elle loüa beaucoup ma conduite, & me dit qu'avant de me quitter, elle prétendoit satisfaire à toutes les dépenses que j'avois fait pour elle. Je parus chagrin & honteux de ce discours, elle s'en apperçut, & pour me rendre ma bonne humeur, que l'idée de la perdre m'avoit ôté, elle me dit qu'il n'en falloit plus parler, en assaisonnant ce discours de mille choses obligeantes.

Il étoit tard: je commençois à me lever pour lui laisser un repos dont elle avoit besoin, lorsque Duplexis entra qui me dit, qu'un laquais demandoit à me parler. La Marquise frissonna: ô Ciel! s'écria-t'elle, en se laisſant aller ſur ſon lit, c'eſt encore le Marquis de P... Ne craignez rien, Madame, lui disje, il n'en eſt rien, il faut qu'on ſe méprenne, il ne ſçait pas mon nom, & je ne ſuis ici connu de perſonne : je vais ſçavoir ce qu'on me veut, & je vous rejoint dans le moment. Non, non, continua la Marquiſe, en m'arrêtant par le bras, je ne veux pas que vous me quittiez, que ma femme-de-chambre ſorte avec votre laquais, & voye de quoi il eſt queſtion ; je ne ſuis raſſûrée que lorſque vous êtes près de moi. Elle fut obéïe, & un moment après Duplexis me rapporta, ce qu'on verra dans la troiſiéme Partie.

Fin de la ſeconde Partie.

APPROBATION.

J'AI lû par ordre de Monſeigneur le Garde des Sceaux *la ſeconde Partie des Memoires de M. le Marquis de Fieux.* A Paris le 13. Décembre 1735. *Signé*, LASERRE.

www.ingramcontent.com/pod-product-compliance
Lightning Source LLC
LaVergne TN
LVHW012011220826

846092LV00001B/308

* 9 7 8 2 3 2 9 7 7 6 7 6 7 *